JN156953

おでかけは最高のリハビリ！

たかはた ゆきこ

はじめに

介護はある日突然やってくる。なんの予告も前触れも、覚悟する暇さえなしに。

私は三十八才のその日まで、愚かにも親とは元気でいるものだと思いこんでいた。重度障害がある妹の介護にはいつか関わることになるだろうと想像していたが、親の介護なんて遠い先のことだと思っていた。

母が脳出血に倒れ、私が在宅介護をすることになったときは、まるで深い穴に突き落とされた気持ちだった。子供の頃から妹の介護を手伝ってきたから一通りのことは知っているつもりだが、手伝うことと、自分が主となり親の介護をすることとはまったくの別物。今でこそトイレ介助や夕飯の支度までできるようになった父も、当時は何一つできなかった。すべてが私ひとりに降りかかってきた在宅介護は、あまりにも突然で、あまりにも急激な変化だった。

「在宅介護は人生の終わり」

「お先真っ暗」

そんな言葉をネットで見かけた。

母と妹、二人の介護をするために私は仕事を辞めた。趣味もぜんぶあきらめた。独身だし、貯金もほとんどない。世間的に見れば立派に「お先真っ暗」だといえるだろう。なんだか泣けてくる。


でも、それでいいのだろうか? 私の人生まだまだ先が長いのに、家族の介護をしているだけで終わらせてしまっていいのだろうか?


そんなのは嫌だと思った。私は私の人生を楽しみたい。

「一度きりの人生なんだから、楽しいほうがいいじゃないの」

というのは他ならぬ母の口癖だ。脳出血で左手が不自由になり、歩けなくなっても母のポジティブな性格は失われなかった。厳しいリハビリさえも
「なんでも楽しんだもの勝ちよ」

とほほ笑みを浮かべ楽しもうとしている。

大事なのは、楽しむことだ。
暗いなら明かりを点ければいい。百均のペンライトでもスマホの画面でも、なんでもいい。小さな明かりさえあれば、人は歩きつづけることができる。前へ進むことができる。楽しみを見つけることができる。

私は母とふたりで「ウィーン旅行」という明かりを灯した。「ウィーンへ行くために」リハビリを重ね、「ウィーンへ行くために」お金を貯め、「ウィーンへ行くために」数々の課題をクリアしていった。たとえば……

○手すりを持って五十秒間立てるようになる
○トイレを使えるようになる
○普通車に乗れるようになる
○百万円貯める

これまでできなかったことができるようになると嬉しいもの。それはゲームを攻略することと似ていた。目の前に立ちはだかる大きな壁を、知恵をしぼり工夫をこらし、母とふたりで乗り越えていく。気がつけば、母のためというよりは自分のため、楽しみのための介護になっていた。

一歩一歩、進むごとに私たちの灯りは大きくなっていった。その道のりは平坦ではなかったし、最後まで克服できないこともあった。何度も何度もトイレに失敗し、お金がたまらなくて落ちこみ、本当につづけるべきなのか悩んだこともあった。それでも、ウィーンに近づけば近づくほど私たちの生活は明るくなっていった。目標に向かって進みつづけた結果、満足に座ることもできなかった母のADL（日常生活動作）が飛躍的に向上し、介護負担も減り、私は再び働きに出られるまでになったのだ。

気がつけば私たちの周りには光があふれていた。

「今が一番幸せ！」

と母は言う。オムツをつけてたって、車椅子に乗ってたって、そんなこと関係ない。

人は幸せに生きられる、と。

「人生は楽しむためにある！」

と私も言う。たった一度の人生だ。これで終わりだなんて決めてしまってはもったいない。介護してたって、工夫次第で人生は楽しめる。
介護に正解はない。十人いれば十通り、百人いれば百通り、家族の数だけさまざまな介護の形がある。私は母と共に計画を立て、そのために問題をクリアし、ウィーンへの階段をのぼっていった。それが私なりの介護方法だった。

在宅介護は人生の終わりじゃない。
お先真っ暗だなんて思わない。

こんな介護もあるのだと思って読んでいただければ幸いです。

もくじ

第三章　旅行の準備と練習　121

第四章　介護しながらウィーン旅行記　185

第五章　介護しながらウィーンへ行く方法　267

第一章

私たちがウィーンをめざすまで

バイオリン教師だった母

私の母はバイオリン弾きだ。一九四七年生まれ。三才からバイオリンを習い始めて高校、大学と音楽の道に進んだ。大学卒業後はバイオリン教師として働いた。

父と結婚してからも私をみごもっているときも、母はバイオリンを弾きつづけた。小さな家はグランドピアノを入れるとそれだけでぎゅうぎゅうになった。部屋の隅には楽譜がつみあげられ、壁にはベートーヴェンやモーツァルトの肖像画が飾られていた。赤ん坊をあやしながらレッスンをし、近所の子供相手にピアノとバイオリンを教えた。一レッスン三十分、教え子の数は一週間で二十人。妹の百合子はそのお金でバレエを習い、私はたくさんの本を買ってもらうことができた。

母を一言で表すなら「前しか見ていない人」。過去をふり返るとか懐かしむなんてことはまずしない。後悔もしないしクヨクヨもしない。こうと決めたら猪突猛進、ロケットみたいに突き進む！

母がそんな性格になったのは、重度障害者の優子がいたからだ。母の三番目の娘、私の一番下の妹にあたる優子には生まれつき重い脳性麻痺という障害がある。一生歩くこともできないし話すこともできない、小学校に上がるまで生きることは難しいと医者に言われた。

このまま入院するようにとすすめられたが、母は

「どうせ死んじゃうんだったら、家族一緒に楽しく過ごしてからのほうがいい」

と言って強引に連れて帰ってきた。

私が覚えている限り、優子はお人形みたいな赤ん坊だった。声を出して泣くことも笑うこともなく自分でミルクを飲むこともできない。静かに静かに、ただ死にかけている。脳の大部分が損なわれているせいだ。

それでも希望は残されていた。

「生き残った脳細胞に刺激をあたえ、鍛えてやれば、死んだ部分のかわりができるようになる」

と医者は言った。

リハビリをすれば少しは回復するかもしれない！

母はわずかな可能性を求めてあらゆる方法を試した。優子を連れて次から次へと病院

をめぐり、毎日毎日リハビリ施設に通った。優子には、普通の子供なら難なくできることにもすべて練習が必要だった。ミルクを飲む練習、声を出す練習、関節を動かす練習、力をぬく練習……。

そして土日になると

「遊びにいこう！」

と優子を連れ出した。どうせ短い人生ならなるべく楽しませてあげたい。そんな想いでどんどん外出させた。動物園、遊園地、音楽会、バレエの発表会。楽しいことのためならちょっとくらいは無理をさせた。当時の優子は笑うこともできなかったしほぼ無反応だったけど、きっと喜んでいるに違いないと母は信じた。

一九八〇年代、バリアフリーの概念はまだ一般的ではなく、田舎に住む障害者は家の中に隠されている時代だった。そのため同じ障害児の親仲間からも

「重い障害のある子を出歩かせるなんて可哀想」

という声があがったくらいだ。それでも母は信念を曲げなかった。

「体が弱いとか障害があるとか、そんなことより楽しいほうがいいじゃない！」

初心者マークをくっつけた軽自動車で日本中をめぐり、海外にまで足をのばした。そ

うこうするうちに優子は母の企みにまんまとハマったらしい。

「世の中楽しそうだからもうちょっと生きてみたい」

とでも思ったのか、身体が頑丈になり、表情が豊かになり、大きな声が出せるようになった。小学校には上がれないと言われていたのに、三十歳を超えた今でもピンピンしている。

頑丈になったのは優子の身体だけではない。母自身もどんどん逞しくなりポジティブになり、面の皮が厚くなっていった。障害児を連れて遊び歩くにはタフなメンタルが必要だったのだろう。

優子のおかげでスーパーポジティブな母は完成し、それと同時に、金科玉条のリハビリ方針が我が家に誕生した。

「お出かけこそ最高のリハビリだ。人生を楽しもう！」

母のこの言葉が、二十年後に私たちをウィーン旅行へと導くことになる。

話を音楽に戻す。

猪突猛進でスーパーポジティブな母は、どんなに忙しくても音楽をやめなかった。子供が何人生まれようが、生まれた子に障害があろうが、バイオリンを弾きつづけた。子供が寝ている横でバイオリンのレッスンをつづけたし、町内の音楽家を集めて「ウッディ・ムジカ」というグループを設立した。友人と一緒に子供のためのオーケストラまで立ち上げた。

育児と音楽活動にかけずりまわる母を、周囲の人は「スーパーマン」と呼んだ。二十四時間三百六十五日、休みなく活動をつづけ、いつ寝ているのか家族の誰も知らない。もう歳なんだからあんまり無理したらダメだよと声をかけると、

「だって楽しいんだもん」

という答えが返ってきた。

母はいろんな曲を弾いていた。童謡からアニメ音楽、頼まれれば演歌も弾いた。それでもやっぱりクラシックの曲を弾くことが一番多かった。

私が好きだったのはP・サラサーテの『ツィゴイネルワイゼン』。激しくも哀愁のあるメロディ。それからC・グノーの『アヴェ・マリア』。母のバイオリンはツィゴイネルのように情熱的で、アヴェ・マリアのように優しかった。

重度の障害児と反抗期の娘たち、合計三人を育てながらも、母の人生はいつも音楽に

いろどられていた。

こんなにも音楽を愛する母に育てられたくせに、長女である私は音楽には縁遠い人間だった。もちろんバイオリンは習っていたし、ベートーヴェンもモーツァルトも知ってはいたが、さほど興味が持てなかった。

あるときバイオリンの弓を刀にみたてて妹の百合子とチャンバラごっこをしていた。

「えいやあ！」と振り下ろした弓が、椅子の背かなにかにぶつかって真ん中からポキリと折れた。それを見た母は怒り狂った。

「あんたは破門です！もうバイオリンを教えてあげませんからね！」

やったあ、と私は喜んだ。これで本を読む時間が増えると思った。母はそんな私を悲しそうに見ていた。

以来、私は音楽と（ついでに結婚とも）無縁の生活を送っていた。障害のある優子の世話なら一通りできるし、念のためにヘルパー資格もとってみたが

「兄弟の介護はする必要がない」

というのが母の方針だったため、優子の主介護者はあくまでも母。「私は私の人生を

歩むのだ」などと考えていた。

いわゆるブラック会社に勤めた挙げ句、体をこわして仕事を辞めたとき、自分がもう三十代半ばであることに気がついた。

「私は私の人生を歩みたい。でも、私の人生って何なのだろう？」

そう考えたとき

「一度きりの人生だから好きなことをやってやろう」

思い立って世界をまわる旅に出た。アフリカ、ヨーロッパ、インド、南米。帰国しては働いて、お金が貯まればまた旅に出るというお気楽な生活をいい歳こいて二、三年もつづけただろうか。そろそろ四十路が見え始め、これを最後の旅にしよう、アジアで旅人生を締めくくろう！と思い定めて出発したのが二〇一三年二月のことだった。

母、脳出血に倒れる

二〇一三年、二月十九日の夜。私はタイのバンコクに到着した。三ヵ月を予定しているアジア旅行。私の最後の旅が始まったのだ。安宿で荷物を解いたその夜、頭の中はこれからの旅程でいっぱいだった。ミャンマーやベトナム、ネパールにも足を伸ばそう。どういう順番でまわろうか？　そんなことを考えていたとき。

携帯が鳴った。

点滅するディスプレイには『亜子おばさん』と表示されている。亜子おばさんは母の妹で、ついこのあいだも会ったばかりだから私が海外にいることを知っているはずだ。なのに電話をかけてくるなんてどうしたのだろう？

首を傾げながら電話に出ると、

「大変なの。お母さんが倒れたの」

蚊の鳴くような声で亜子おばさんは言った。

すぐには理解できなかった。母が倒れた？

「脳出血を起こして、かなり危ないの。帰ってきて」

どうしよう、どうしよう、どうしよう。

私の脳みそは回転しすぎてクラッシュした。帰らなくっちゃ、帰らなくっちゃ、でもどうやって帰ればいいのかわからない。そうだ、航空券。日本行きの航空券を買わなくちゃいけない！

動転する私を助けてくれたのは、ホテルのフロントにいたおじさんだった。パニック状態の私を見かねて声をかけてくれ、

「よし、すぐに航空券を手配しよう。明日の朝一番の便を取るから。とりあえず君は部屋に戻っていなさい」

と言ってくれた。

部屋に戻っても頭は混乱したままだった。檻に閉じこめられたキツネみたいにぐるぐる同じところを歩きまわり、父や、海外に住む妹の百合子に電話をかけた。

病気の母のことはもちろん心配だが私にはどうしようもない。怖いことはなるべく考えないようにつとめた。

今考えなければならないこと、家族と相談していたのは、障害のある妹・優子のことだ。その夜、優子はたまたま施設にショートステイ中だった。父が連絡をつけて一日だけ延長させてもらえることになった。その一日の間に私が日本に帰る。あとのことは帰国してから考えるしかない。タイなんかにいては何もできない！

やがてフロントのおじさんが飛行機のチケットを持ってきてくれた。明日の朝一番の

タイ航空。朝五時のタクシーも手配してくれた。

解いたばかりの荷物を詰めなおした頃、日付が変わった。おじさんは血走った目の私に
「いいかい、少しでも眠るんだよ」

と声をかけてくれたが、眠れるわけなどなく、窓もない安宿のシングルルームを右往左往して過ごした。

手術中の母を思い、動揺しているであろう父を思った。救急車のサイレンに興奮して脱走してしまった猫のアジャリを思い、離れて過ごす妹たちを思った。

なぜこんな大事なときに私は家にいないのだろう。私が日本にいれば母は倒れなかったかもしれないのに。私が日本にいれば優子のことを手配してあげられたのに。私が日本にいれば、せめて父のそばにいてあげられたのに。私はどうしてバンコクくんだりにいるんだろう。

そう思う一方で、たった一日で中止することになった旅への未練があり、同時に、そんな気持ちを抱いてしまうことに対するもっと深い罪悪感があった。正直、だいぶ混乱していた。

さまざまな思いに囚われながらバンコクでたった一度の夜を過ごした。長い長い夜

だった。このまま朝がこないのではないかと感じられ、時間の感覚を失いかけたとき、再び携帯電話が鳴った。

夜の牢獄を破り聞こえてきた父の一言一句を今でもはっきりと覚えている。

「今、手術が終わった。とりあえず成功したけど、まだどうなるかはわからない」

父が語るところによれば、母が倒れたのは夜九時頃、なんと車の運転中だった。突然ろれつがまわらなくなり、車線をはみ出して暴走した。驚いた父が助手席からハンドルを奪い取らなかったら大事故を起こしていただろう。

あわてて救急車を呼んだものの受け入れてくれる病院が見つからない。地元の病院は軒並み断られ、神戸の病院まで断られて、やっと受け入れてくれたのは家から一時間もかかる西脇市民病院だった。緊急手術は朝までかかったが成功した。

私はフロントのおじさんに手配してもらったフライトでタイから帰国した。バックパックを背負ったまま病院に駆けつけたときには翌日の夜になっていた。

父と一緒にＩＣＵに向かう。入り口近くのベッドに百歳くらいのおじいさんが死んだ

ように寝ているのが見えた。と思ったら、父がそのおじいさんに向かって
「母さんはあそこだ」

と顔を向けるではないか。

ショックだった。百才のおじいさんにしか見えなかったから。

丸坊主に剃られた頭に大きな手術跡が痛々しい。入れ歯をはずされた顔は眉間に皺が寄り、まるで別人のように老けこんでいる。まさかこれが母だなんて。つい昨日までにこにこ笑い、優子を連れてとびまわり、ドレス姿でバイオリンを弾いていた母だなんて。

「大変なことになってしもうて……」

母のベッドの傍らで、父は捨てられた子犬みたいに座っていた。憔悴し、魂が削れて、今にも消え入りそうだった。

自分がどんな顔をしていたのかはわからない。ただ覚えていることは、その瞬間から私の中のスイッチが「ON」に入ったということだ。しっかりしなければ。私がしっかりしなければと。

憔悴しきった父とふたりで病院近くのファミレスで夕食をすませた。ものすごく寒い夜だった。当たり前だ。空港から病院に直行したため、私は半袖Tシャツにコートを羽

織っただけの姿だった。足元なんてサンダルだ。タイ帰りの私に二月の夜は寒すぎた。少しでも暖まろうと鍋料理を頼んだがちっとも暖まらない。あんなに気の重い夕食はなかった。

同じ頃、オーストラリアに住む百合子は深く悩んでいた。日本からの連絡を受けてすぐに帰国しようと考えたが、異国の地でちょうど三人目の子を妊娠中だった。体調は不安定で飛行機に乗ることは危ぶまれた。

「赤ちゃんを危険にさらすことはできない」

それだけは絶対にしてはいけない。もし万一のことがあったら誰よりも母が悲しむだろう。

頭ではわかっていても、妹はどんなにか母に会いたかったことだろう。耳元で声をかけ、手を握って励ましたかったに違いない。

百合子は迷いに迷ったうえで電話をしてきた。

「今は帰れない」

振り絞るような声だった。

翌日も母は眠ったままだった。初めて担当医師による説明を受けた。

「手術は成功しました。大成功です」

なのに母は目覚めない。

「脳が腫れて熱が出ています。手術をしたのですから当然のことです」

いつ目覚めるのでしょうか、後遺症は出るんでしょうかと私は訊いた。

「わかりません」

医師はあっさりと答えを投げた。

「いつ意識を取り戻すのか、それともこのままずっと目を覚まさないのか、神のみぞ知るです！」

母の声

母は何日も何日も何日も眠りつづけた。

父はいつも泣きそうな顔をして枕元に座っていた。外では亭主関白を装っていても、家では甘えん坊の子供のような人なのだ。眠ったまま動かない妻を前にすると、どう振る舞えばいいのか、どんな顔をすればいいのかもわからず、ただただ途方にくれていた。

優子はまだ母には会えていなかった。知的障害の重い彼女には、変わりはてた母の姿を受け入れられない可能性が高かったからだ。とりあえず、こちらが落ち着くまでは二つの施設を交互にショートステイさせてもらい、帰宅したときに母の様子を話して聞かせた。優子は真剣な顔で
「うん」

とうなずいた。

離れて住む百合子とはこまめに連絡をとり、毎晩、その日の様子を報告した。百合子の幼い娘たちはエアメールで手紙を送ってくれた。私たち家族にできるのは、ただ祈ることだけだった。


私は母の病室にCDを持ちこんだ。モーツァルトを聞かせるためだ。モーツァルトは胎教や植物の生長にもいいと聞くから、脳みその腫れにも効果があるかもしれない。音楽の神様、モーツァルト様、どうか母を目覚めさせてくださいと、藁(わら)にもすがる思いで祈りつづけた。

そして毎朝、

「お母さん、おはよう！」

なるべく元気に、普通に話しかけた。返事をしてくれるわけでもないのに。手の指を開いたり握ったりし、足をさすり、いろんなところを触りながら話しかける。猫たちが寂しがっていること、優子の便秘のこと、みんなが心配していること。手を握るとぐっと握り返してくることもあったけれど、それは単なる神経の反射だった。単なる反射だとわかっていても嬉しかったから何度も握った。母は痛いとも言わなかった。

しかし、いくら私がおしゃべりだといっても反応がなければ間が持たない。関西人の私としてはボケてもつっこんでもらえないのは寂しい。それで最後には言うことがなくなって
「ちょっと聞いてるの？」

と叱ってみたりする。一言くらい返事してくれたらいいのに。

意識のない母の手を握りながら、私は三年前、旅先で「母の声」を聞いたことを思い出していた。たしかハンガリーの古城だったと思う。貧しい身なりをした男性がバイオ

リンを弾いていた。チップ目当ての演奏だったけれど、その音色は本物で、私は揺さぶられるような感動を覚えた。

バイオリンの音に母を思い出したのだ。私にとってバイオリンは音楽や芸術というよりもずっと身近な「母の声」だった。

「ごはんよ」

「早く寝なさい」

「いつまでテレビ見てるの！」

ほめたり叱ったり、いつも聞いていた母の声。遠く離れた国でバイオリンの音を聴くと、なんともいえない郷愁を覚え、母を思い出したのだ。

その後、私はバイオリンの音に導かれるようにしてウィーンを訪れた。言わずと知れた音楽の都だ。モーツァルトやベートヴェンなど偉大な音楽家たちが暮らし、無数の名曲がうまれた街。ウィーンは街そのものが音楽だった。

帰国して真っ先に、私は母をつかまえて力説した。

「おかあさん、音楽をやる人は絶対にウィーンへ行くべきだよ。一生に一度は行っておかなくちゃ」

母はアメリカやエジプトへの渡航経験はあったがヨーロッパには縁がなかった。優子や私たち家族の希望を優先させ、自分が本当に行きたい場所はあとまわしにしていたからだ。

「いいね、音楽の都ウィーンか。行ってみたいね！」

母は俄然、ウィーンへの情熱を燃やし始めた。亜子おばさんとも

「来年、ウィーンに行こう」

と相談していたらしい。

母は元気だった頃、テレビの旅行番組にウィーンが映るとよくくり返していたものだ。

「ウィーンだけはいつか絶対に行くんだから」と。

ああ、あの声を今聞けたらどんなにいいだろう！こんこんと眠りつづける母の手を握りしめながら、母の声を聞きたいと切に願った。

母、目覚める

母は数週間、身じろぎもせずに眠っていた。看護師さんに

「きっと耳は聞こえてるよ」

と言われたので、ＣＤを持ちこみ、音楽や、録音した孫たちの声を聞かせた。

『おばあちゃん、あのね、マミィのお腹、おっきいよ！』

可愛い子供の声を聞かせた。

母は百合子のお産を手伝いに行く予定だった。新しく生まれてくる赤ん坊に会うのを楽しみにしていた。意識はなくてもそのことは覚えていたのだろう。子供の声に反応してうっすらと目を開いた。ごくうっすらと、一筋の曙光のように明らかに。

『おばあちゃん、おばあちゃん！』

『起きて、おばあちゃん！』

母の口元が微妙に歪んだ。まぶたの薄いすきまにのぞく瞳には、明らかな光が宿っている。

……笑おうとしてる？

私は母の手を握った。母はその手を握り返した。やっぱり神経の反射だと思うんだけど、やっぱり嬉しかった。ほんの少しだけ期待した。

「お母さん見えてる？」

もう一度、顔を覗きこむ。ほんの一瞬、わずかに持ちあがったまぶたの奥で、こんどは瞳が動いた。私を見てる！　初めて私を見てくれた。私を誰だかわかっている目だと思った。ほんの一瞬のことだったけど。

……ああ、お母さんだ、と思った。

頭が丸坊主で、入れ歯もぜんぶはずされて、鼻にはチューブが通ってて、まるで百才のおじいちゃんみたいな姿だけど。それでもその一瞬の表情は懐かしい母の顔だった。

倒れる前の日の晩に

「いってらっしゃい。旅行、楽しんでおいで」

と笑顔で私を旅に送りだしたのと同じ、母の顔だった。

二週間余りが過ぎて初めて、目の前に横たわっているのが本当に母なのだと心で認識したのかもしれない。やたらと泣けてきた。嬉しいのか悲しいのか自分でもわからない。涙と鼻水でぐちょぐちょになって止まらなかった。

大きな変化がおとずれたのは、倒れてから二十日目のこと。

その日、父と亜子おばさんと三人で病室を訪ねた。いつものように

「おはようの握手！」

手をぎゅっと握る。母はぎゅっと握りかえしてくる。

それはいつものことで、単なる神経の反射で握りかえしているだけなのだと思う反面、いつもとは微妙に違う気がした。握るタイミングや力の入れ方がそれまでとは違う気がしたのだ。

よし、ダメ元でもやってみよう。

「お母さん、グーできる？」

耳元で声をかけたら、母の手が、ゆっくりとグーになった。

「ええええええ！」

「うそおおおお！」

三人そろって大きな歓声をあげた。

「パーして、パー！」

母の手はすぐにひらいた。

桜の花みたいにパッとひらいた。

「うおおおお！」

三人でとびあがった。拍手した。

目は閉じたまま。口も動かない。でも耳は聞こえている。こちらの言うことを理解している。再び手を握ると、母は指でリズムを刻んでいた。人差し指で私の手を軽く叩いてきた。


トトトン。

トトトトン。

トトトトン。


「バイオリン弾いてるみたい」

と亜子おばさんが囁いた。

「さすがだね！」

そうなのだ。母はバイオリン弾きだ。毎日毎日いさましく弓を走らせ鍛えぬいた右手で、今はリズムを刻み私たちに話しかけている。

「わかってるよ。聞こえてるよ。わかってることを、わかってよ！」

母は意識をとりもどしたのだ。

母はゆっくり目を開き、ゆっくり目覚めていった。ゆっくりゆっくりだったけど、その進歩は明らかだった。かすれた声で話しができるようになったとき、聴きたい音楽はないか、持ってきてほしいCDはないかと尋ねた。すると

「ヴィエニャフスキが聴きたい」

舌を噛みそうな名前を母は口にした。H・ヴィエニャフスキはポーランドの作曲家でもあり偉大なバイオリニストでもある。二十日間も眠っていたのにいきなりヴィエニャフスキが出てくるなんて。

「さすがお母さんだね」

嬉しくて、私は思わず微笑んだ。

後遺障害

意識が戻ったといってもそれで「めでたしめでたし」ではない。小説や映画では何日も眠りつづけた主人公がパチッと目を開けてすぐに起き上がったりするが、現実にはそうはいかない。重度の後遺障害があらわれたのだ。

リハビリ病院に転院したとき、医師から説明を受けた。

「主な障害は二つ。一つは左半身麻痺です」

体の左半分が動かないということだ。左手左足が動かない障害。

ただ幸いなことに言語機能は失われなかった。おしゃべりはできるのだ。

医師は暗い顔でつづけた。

「もう一つは高次脳機能障害。こっちのほうが厄介ですよ」

脳内の血管が切れたことで血が行き渡らなくなり、脳細胞の一部が死んでしまった。

これにより障害があらわれるのが高次脳機能障害。血管性認知症とも呼ばれ、広い意味で認知症の一種になる。

どんな症状があらわれるかは人それぞれで、母の場合は

○左半側空間無視（すべてのモノの左半分が認識できない）
○記憶障害（覚えられない）
○見当識障害（時間や場所がわからない）
○妄想

などなどが挙げられる。

人の見分けがつかない。家族の顔もわからない。文字を読むこともできない。数を数えることができない。今の季節も、自分がどこにいるのかもわからない。何より妄想がものすごくてほとんどファンタジーの世界に生きている。

ついこのあいだまでスーパーマンのようにバリバリ働き、情熱的にバイオリンを弾き、障害児の介護をしていた元気な母は、あっという間に認知症のお年寄りになってしまった。

母の意識が戻り話せるようになっても、父は相変わらず迷子の子犬のような顔をしていた。一度、ひどく落ちこんでいたので理由を尋ねたら
「かあさん、俺の顔がわからんようになってしもた」

と嘆いた。母は、こともあろうか父本人に向かって
「私の主人は死にました！」

と宣言したらしい。

「おいおい俺は生きてるぞ」

と父が抗議すると

「違うわよ、トシオさん（父）のことよ」

と言い張った。その後も
「トシオさんはもう死んだの」

「トシオさんはもういないの！」

と繰り返すばかり。

「かあさんの中で俺は死んでるんだあ」

父は失恋した少年のように嘆いた。

私は笑った。それくらい、いつものことだったからだ。

母は私と亜子おばさんの区別もついていない。それどころか自分の左腕を優子だと思いこんで話しかけたり、ご飯を食べさせようとしているくらいなのだ。母の頭の中の設定は日々変わっていたから、昨日死んでいたトシオさんも明日になれば生き返るだろう。

「これからどうなるんだろう」

父はため息ばかりついていた。

一方で私にはため息をつく暇もなかった。するべき仕事があまりに多くて寝る時間もなかなかとれなかったくらいだ。

タイから帰国した翌日、母が倒れたことを連絡しようと母の携帯を開いたときの衝撃は忘れられない。

「連絡先が五百件もある！ どこのビジネスマンだよ！」

母は社交的なB型人間、しかもおそろしく活発な人なのだ。障害児の保護者団体やリハビリの会、いくつもの音楽サークルに所属し、いくつもの役職に就いていた。

母がいきなり倒れたことで団体の方たちにはものすごく迷惑をかけてしまったと思う。母が出席するはずだったもの、提出するはずだったものも山ほどあったはずだ。私はあちこちの団体に連絡をとり、謝り、鍵や通帳など預かりものを返却しなければならなかった。

それだけではない。重度障害のある妹優子の介護も引き継がなくてはならなかった。父親は家事も育児も介護もノータッチと決めこんでいるタイプ。もうひとりの妹・百合子はとっくの昔に嫁いでしまい、何年も前から海外で暮らしている。この状況で主介護者になれるのは私しかいない。否も応もなかった。

もちろん、覚悟はしていた。いつかはこんな日がくることを。そのためにヘルパー資格もとってはいた。

それでも母の看病と妹の介護を同時に行うことは難しかった。妹は食事も排泄も付きっきりの介護が必要だし、留守番もさせられない。母に万一のことがあっても身動きがとれないのだ。

そこで妹は、最初の一ヵ月はショートステイに、二ヵ月目からはケアホームのお世話になることにした。施設を利用することで私の介護負担は大幅に減ったが、妹のケアホームへの引っ越しと母の転院先探しを同時進行させなければならなかった時期はまさに修羅場だった。決めなければならないこと、調べなくてはならないこと、準備することが山ほどあった。

病院見学に施設見学。

市役所めぐり。

面談の予定と書類の山。

メール、メール、メールの山。

留守電、留守電、メッセージの山。

体も頭も時間も何もかも足りない！　のほほんと旅をして暮らしてきた数年間のしっ

ぺ返しのように頭をフル回転させなければならなかった。結婚しとけば良かったと、生まれて初めてちょっとだけ後悔した。頼りになる家族がもうひとりいたら役所の手続きなり何なり手伝ってもらえるじゃないかと。そうつぶやいたら、「男なんてメソメソ泣いてるだけで役に立たないよ」と言われてしまった。(たしかに父はメソメソ泣いてばかりいた)

要介護5

慌ただしさに目が回るような日々にも救いはあった。

母は母でありつづけたという事実だ。

脳にダメージを受けると、暴言を吐いたり怒りっぽくなったり、性格がひどく変わってしまう人も多いという。ところが運のいいことに、母は母のままでありつづけた。のうてんきでスーパーポジティブで、

「愚痴ったって泣いたって仕方がないもんね」と言う母。

「人生、楽しまなくっちゃ」が口癖の母。

歩けなくってもオムツをしても妄想に悩まされても、母は母であり、前を向くことしか知らない人であることに変わりはなかった。それを実感したのはリハビリ中の母を見たときだ。懸命に障害児を育ててきただけあって、リハビリの重要性は骨の髄まで染みているらしい。毎日何時間ものリハビリを一度も嫌がることなく積極的に取り組んだ。

「もっとじょうずに座れるように。もっと長い時間、座れるように。もっと頑張ろう。もっとできるようになろう。もっと、もっと、もっと！」

母の向上心は理学療法士を驚かせた。しんどくないですか、無理しないでいいですよと言われると
「だってリハビリは楽しいんだもん。できないことができるようになるのは嬉しいでしょ？ 寝てるだけなんて、つまらないよ」

優子をつれて走りまわっていた頃と変わらぬ笑みを浮かべるのだった。

脳出血の発症から三ヵ月がたった頃、六十五才の母は要介護認定を受けた。退院後に介護保険サービスを使うためだ。

「よかったですね、ちょうど六十五才から介護保険が使えるんですよ」

病院のケースワーカーさんはなぜか嬉しそうにそう言った。

介護の必要性を調べる調査員がやってきて、母にたくさん質問をした。

それはせつない時間となった。母はこんなにも毎日リハビリを頑張っているのに、こんなにも回復したと感じているのに、調査員の問いかけはあまりにも無理難題で、すべての問いかけに「いいえ」と答えるしかなかった。


「立てますか」——いいえ。

「座れますか」——いいえ。

「着替えは自分でできますか」——いいえ。

「トイレに行けますか」——いいえ。

「歯磨きはできますか」——いいえ。

「今の時間はわかりますか」——いいえ。

「この字は読めますか」——いいえ。


いいえ、いいえ、いいえ、いいえ！

母はときどき自信満々に「はい、できます！」と答えた。だけどどう見てもそれはほんとは「いいえ」だった。調査員もそれはすぐに見破ったらしい。調査が終わって病室を出ると

「だいぶ理解力が落ちておられますね」

と同情をこめてつぶやいたから。

認定調査は介護サービスを受ける上で必要な調査であり、いいえが多いほど多くのサービスを受けられるから「お得」といってもいい。それはわかっているのだが、

「できることもあるんです！」

と叫びたくなる衝動をこらえなければならなかった。

名前と住所は漢字で書けるんです。

ほとんどむせずにコーヒーを飲めるんです。

テレビのリモコンを押せるようになったんです。

音楽を聞いて、モーツァルトとかバッハとかヴィエニャフスキとか名前を言えるんです。

手足がすごく痛いときでも、私が帰るときには

「車に気をつけてね、毎日ありがとう」

って言ってくれるんです。

母は聡明で穏やかで、とにかくずっと動いてる人だった。たくさんの会やサークルに所属して、一年三百六十五日休むことなく動きつづけ、スーパーマンみたいだと言われていた。

もちろん、どんな鉄人でもいつかは老いる。

頭では理解していた。いつかはこの日がくることを。老人になることを。でも覚悟はできていなかった。人は「だんだんと老いていくもの」だと思っていたから。だんだん皺が増え、だんだん体が動かしにくくなり、だんだん物忘れが増えていき……。

なのに母はある日突然、なんのまえぶれもなく「老人」になった。まるで玉手箱を開けてしまった浦島太郎みたいに。倒れる直前まで元気に会議に出席していたのに、脳出血という煙にもくもくとつつまれて。そしてなんにもできなくなって、

「あなたは老人です」

と宣告される。老人ホームに行けと言われる。

これが数ヵ月前だったらまだ六十四才で、介護保険を使う「老人」ではなく、未来の

ある[1]「中途障害者」というくくりになるはずだったのに。調査結果の一覧表に記された「いいえ」の列は目の前に突きつけられた現実そのものだった。

だけど玉手箱を開けたあとでも浦島太郎は浦島太郎だ。何も変わりはないはずだ。老人になって動けなくなったってだけで。母は変わりなく母だ。

「車に気をつけて帰りよ」と言ってくれる母なんだ。

人は、何をもってその人とするのだろうか。何をもって母は母で、私は私で、あなたはあなたであるといえるのだろうか。それは「いいえ」の数ではなく、できないことではなく！できることを数え、その人が自分自身を肯定することではないだろうか。

なんにもできなくなった母はまだ、コーヒーを飲んで歌を歌うことができる。生まれつきなんにもできない優子は、それでも元気に笑うことができる。人をその人たらしめるのは、そういうことじゃないだろうか。

ほどなく母は「要介護五（最重度の介護を要する）」と認定された。

1　介護保険のサービスが受けられるのは六十五才（高齢者）以降。

ウィーンへ行こう

のうてんきでポジティブな母が一度だけ涙を見せたことがある。

脳出血の発症から数ヵ月経った頃。母の体力は友人のお見舞いを受け入れられるまでに回復していた。顔が広い母のこと、連日たくさんの方に来ていただいた。母はいろいろとピントのずれたことをしゃべっていたけれど、基本的には楽しく過ごすことができていた。

ところが「ウッディ・ムジカ」のメンバーが来たときだけは様子が違った。それは町内の音楽家グループで、母は発足当初からのメンバーでありただひとりのバイオリン奏者でもある。音楽仲間の顔を見るなり、母はかぼそい声で謝った。

「ごめんね、コンサートに出られなくて」

そのときウッディ・ムジカは発足二十五周年の記念コンサートを控えていた。母も倒れる直前まで毎晩、練習をしていた。けれどもうコンサートに出ることはできない。左手が麻痺してしまったから。バイオリンを持ち上げることすらできないから。

「弦楽器がいなくなって、ごめんね。退院したら練習するから」

退院したら？

退院しても、左手が動く可能性はまずなかった。以前のようにバイオリンを弾くなんてとてもじゃないが無理だろう。幼い頃からたくさんたくさん練習をし、六十年間積み重ねてきた技術をすべて失ってしまったのだ。

妄想をみて混乱していても、母は心のどこかでそれを理解していた。大きな大きなものを失ってしまったという事実を悟っていた。お見舞いの人たちが帰り、私とふたりきりになるとこう言って泣いた。

「私もうバイオリン弾けないかもしれない」

ぽろぽろと涙を流す母の手を握りながら私は考えた。スーパーポジティブな母の泣き顔など見たくない。なんとかして涙を止められないものか。気分を変えられないものか。せめて話題を変えようと、必死に考えて出てきた言葉がこれだった。

「ウィーンへ行こう」

音楽の都ウィーン。クラシック音楽の聖地であり、モーツァルトやベートーヴェンや、無数の天才を生みだした街。夢のように美しくて、クラシック音楽をやるひとなら誰もが憧れる街。

三年前、「死ぬまでに行ったほうがいいよ」と私が言い、「絶対行く」と母は答えた。以来、母はずっとウィーンに憧れを抱きつづけていた。

「バイオリンが弾けなくてもウィーンには行けるよ。私が連れていってあげるから」

私がそう言うと、やっとのことで母はほほ笑んだ。

「いいね。ウィーン。連れていってくれる？」

約束するよ。私はそう答えた。

在宅か施設か

脳出血の発症から二ヵ月。担当医に

「退院後のことを決めてください」

と言われた。

「お母様のケースで在宅介護は難しいかと思います。やはり老人保健施設への入所をおすすめします」

要介護五の母の介護はあまりにも大変だから、家で暮らすことは難しい。老人ホームへ入れろと言うのだ。かわいそうに父はショックのあまり大砲をくらったような顔をしていた。

施設に入れるか在宅介護か。決めるのは私だった。

父は何も言わなかった。言えなかった。介護するのは私だから。父は家のこととなるとさっぱり何もできない人間で、子供のオムツを替えたことがないどころか、母がいなければ自分の下着さえ見つけられないのだ。父は母のことをとっても愛しているけれど、とてもじゃないが介護ができるとは思えない。だから在宅介護を選んだ場合、私が母と優子を一手に引き受けることになる。仕事も辞めることになる。もう二度と旅に出られないだろう。それがわかっているから、心優しい父は言うことができなかったのだ。「かあさんを連れて帰りたい」って。

そして私には介護をする自信がなかった。母の場合は身体介護だけでなく高次脳機能障害があるからとても厄介だ。優子もいるし、私ひとりで介護できるとは思えない。

そんな私を病院のケースワーカーが慰めてくれた。

「老人ホームを姥捨て山みたいに思われる方もいるんですけれど、必ずしもそうではありません」

当時、私の友人が介護士として働いていた。とても優しい子で、入所者のおじいさんおばあさんをまるで家族のように思いやり、一緒に泣いたり笑ったりしながらお世話していた。そういう人たちのお世話になるのなら、けして姥捨て山ではないだろう。

さんざん悩んだ末に覚悟を決めた。施設にお願いしようと。

ずっと、というわけではない。老人保健施設というのはあくまでも「リハビリをして家に帰ることをめざすための施設」。状態がよくなったら必ず家に連れて帰ろう。

そこで施設の一つを見学することにした。

誤解をうむかもしれないから先に書いておこう。世の中には介護施設がゴマンとあって、ピンからキリまでさまざまだ。住み心地のいいすばらしい施設だってたくさんある。そしてどんな施設でも、そこで働く職員さんは一生懸命に介護してくださっている。心をこめてお世話をしてくださっている。私は入所そのものを否定するわけではないし、いつかはお世話になるだろうと思っている。

ただ、この見学にかぎっては失敗だった。「家から近い」という条件だけで選んだが、それがとんでもない間違いだったのだ。

言いたくないけど墓地みたいだった。だだっぴろい部屋に何十もの車椅子がひしめき、お年寄りが集まっている。誰ひとり話す人もなく、身動き一つせず、うつろな目をしてただ座っている。その様子はひとかたまりの雨雲のようだった。幽霊が何人か混ざっていてもわからないだろう。

打ちのめされて施設を出た。ここより他に行くところがないと思い詰めていたけれど、それでも考えなおすには十分な衝撃を受けた。

施設見学から数日たった夜のこと。親友たちが飲みに連れ出してくれた。疲れがたまっていたせいか、私は人生最悪に酔っ払ってしまった。帰りの夜道でわけがわからなくなって、突然わあわあ泣きだした。友達にすがって泣いてしまった。知らぬ間に

「母を施設に入れたくない」

と口走っていた。ふり返ると友達も一緒に泣いていた。

あのとき友達がいてくれなかったら。あのとき酔っ払って泣かなかったら。どうなっていたのかちょっとわからない。自分の気持ちを吐きだすことなく我慢してしまってい

たのかもしれない。

だけどあの夜、私は気づいた。自分の気持ちを知ることができた。

今があるのは、あの夜のおかげだ。友達が一緒に泣いてくれたから。みんなのおかげで今がある。私はいつも誰かに助けてもらっている。

翌日、私は父に告げた。病院のケースワーカーさんと担当医師にも、はっきり告げた。

「母は家に連れて帰ります」と。

在宅介護、始まる

二〇一三年九月二十四日。

母はリハビリ病院を退院し、バリアフリー・リフォームをすませた我が家に帰ってきた。脳出血で倒れてから七ヵ月ぶりの帰宅だ。「要介護五」、身体障害者手帳は「一級」のお墨つき！　最重度レベルの寝たきりということだ。私は仕事を辞めて介護に専念することにした。

母のもつ最も大きな障害は、左半身麻痺。左手左足が完全に麻痺して皮膚感覚すらない。退院当時は車椅子に座ることすら難しかった。そのくせ自分の障害が理解できず、ちょっと目を離すと車椅子から降りようとするから危なくて目が離せない。寝返りも打てないから、夜中に何度か体位交換（寝返り）をする必要がある。

頭の中は相変わらずぐっちゃぐちゃで、一日の半分は妄想を見ていた。私のこともよくわかっていないことがあったし、十年以上前に亡くなった祖父母が生きているかのように振る舞うこともあった。

夕飯の時間になると
「おじいちゃんを呼んできて」

とせがむ。たいていは祖父は出かけていることにしておくのだが、たまに母の頭の中がどうなっているのか知りたくてつっこんでみることもある。

「おじいちゃんのお葬式したの覚えてる？」

「うん、いいお葬式だったねえ」

「お葬式したんなら、おじいちゃんはもういないはずだよね？」

「でも、いるよ？」

「どこに？」

「あんたのベッドの下。ちょっとのぞいてごらん。ベッドの下でおじいちゃんとおばあちゃんが寝転がってこっち見てるよ」

怖い！　怖すぎる！　うちはお化け屋敷か！

シュールな妄想のおかげで夏場はずいぶん涼しくなれた。

退院後しばらくは毎日が修羅場だった。

寝返りがうまくできない。オムツにかぶれた。床ずれになりかけた。ウンチが出ない。妄想につきあわなくちゃいけない。ベッドから車椅子への移乗が危なっかしい。

知らないこと、難しいことがいっぱいあった。私の胸の中は常に不安でいっぱいだった。途方に暮れる夜もあった。

だが私はひとりではなかった。いつでも助けてくれる人たちがいた。母が優子を育てたときの母親仲間、介護仲間が在宅介護のノウハウを積極的に教えてくださったのだ。

「着替えはこうすれば楽だよ」

「移乗の方法、教えてあげるよ」

「大丈夫、一ヵ月もすれば慣れるから！」

私にはたくさんの友人がいた。声をかけてくれたり、甘いものを送ってくれたり、話し相手になってくれたりした。友人たちは私の心を支えてくれた。たくさんの方に助けられて私は最初の一ヵ月を踏ん張ることができた。

まるで嵐のようだった最初の一ヵ月。不慣れなために起こる問題は数え切れないほどあったが、私の介護方針に迷いはなかった。どのように介護するべきか、はっきりとしたイメージがあったからだ。

お手本としたのはもちろん、母と優子だ。障害児と高齢者という違いはあっても脳にダメージを負っているという点は同じ。私は幼い頃を思い出し、

「母ならどう考えるだろう」

「こんなとき母ならどうするだろう」

と想像しながら、がむしゃらに突き進んでいった。

介護方針の軸となったのも、かつての母の信条だ。

「おでかけこそ最高のリハビリだ。人生を楽しもう！」

母は、重い障害のある娘を遊びに連れ出すことによって生きることは楽しいと教えた。

現在、母は六十代。人生まだまだこれからだ。病気をしたからって、車椅子になったからって、楽しみを奪ってはいけない。私は母を「かわいそうな障害者」にはしないと

決めていた。

「寝たきりなんかにはさせない。人生を楽しむんだ」

母が優子をそう育てたように。


外出は、長期入院を経験した母の切なる願いでもあった。

幸運なことに脳障害を負っても母の性格は変わらなかった。高次脳機能障害に特有の「自分の障害が理解できない」という症状の影響も多少はあったかもしれない。おでかけ好きな母は、遊びに行きたくてうずうずしていたのだ。

家に帰ることが決まってからは
「退院したらコンサートを聴きに行こう」

「お洒落なカフェでランチをしよう」

「ユニバーサル・スタジオ・ジャパンへ行こう」

と、遊ぶ計画ばかり立てていた。

「遊びに行ったら元気になるよ。だっておでかけは最高のリハビリだもんね！」

昔も今も変わらずに、母はそう信じているのだ。

そこで退院翌日には早速、家から徒歩五分のスーパーへ行った。が、行くだけでへとへとになって帰ってきてしまった。なにしろ半年も入院していたのだ。当然といえば当然なことに、体力が追いつかない。レストランへ行けば注文しただけでくたびれて、食べずに帰ってきた。大好きなクラシック・コンサートにも出かけてみたが、三十分と聴いていられず、ふたりともがっかりして帰ってきた。

母自身の希望とはいえ、無茶をしたものだと思う。退院したばかりの頃はまだ寝たきりに近い状態だった。少なくとも外からはそう見えただろう。上半身がかなり不安定で、座り心地のいいリクライニング車椅子にも一、二時間、座っていられるかどうかという状態。いかにもヨレヨレな母の姿にびっくりして

「出歩いて大丈夫なの?」

と声をかける知人も多かった。

だが、どんなに疲れ果てているときでも帰宅すれば必ず

「ああ、楽しかった!」

と言った。

「また行こうね。次は絶対、最後まで頑張るから!」

それは私への気遣いであると同時に、「あきらめない」という決意の言葉でもあった。

私はこの言葉に励まされ、

「よし、また連れていこう」

という気持ちになるのだった。

だから、出かけても大丈夫かとか、無理しすぎなんじゃないかとか、考えるのはやめにした。大丈夫じゃなくなったらすぐに帰ればいい。母は遊びに行きたくて行きたくてたまらないのだ。大変だから、疲れるから、と部屋に閉じこめていたら、逆に病気になってしまうだろう。

「おでかけしたい」

「楽しいことをしたい」

という母の願いを叶えることが最優先だと決めた。

私たちは毎日のように小さなおでかけを繰り返した。退院翌日にへとへとになったスーパーにはしょっちゅう通った。

家の近所のカフェやレストラン、家電量販店、公園へのお散歩。

回を重ねるごとに確実に体力がついてくるのがわかった。退院五日後にはスーパーで買い物ができるようになり、十日目にはレストランで半分くらい食べられるようになった。死にかけの人形みたいだった優子がだんだん丈夫になっていったように、母も外出できる時間が長くなっていく。車椅子に座っていられる時間が飛躍的に延びたのだ。

退院から二週間後、調子のいいときを狙って映画を見に行った。二時間もある映画だから途中退場を覚悟していたが、母は目をキラキラさせてスクリーンに見入っており、一度も「帰る」と言いださなかった。しんどくないかと尋ねると

「映画に夢中でそれどころじゃなかったよ」

楽しそうに笑った。

驚異的な回復だった。

母が自分で言っていたとおり、「おでかけは最高のリハビリ！」だったのだ。

その一方で、重度障害がある妹・優子は施設入所させることになった。私ひとりで二人分の介護は無理だろう、と当初から周囲に言われていたのだが

「やってみなくちゃわからない！」

と私は反抗していた。優子にだって日常を送る権利がある。平日はケアホームを利用することでこれまではなんとかやってこれた。この先も私さえ頑張ればなんとかつづけられると思っていた。

だけどダメだった。

生活が激変したことで優子は抑制がきかなくなってしまった。週末に帰宅するたび、壮絶な奇声を一晩中あげつづけるようになったのだ。ゴジラの咆哮（ほうこう）のような叫び声。理由は本人にもわからず、なだめてもすかしても薬を飲ませても叫ぶのをやめない。優子が家にいると家族は誰ひとり眠れず、母は血圧が上がった。

限界を迎えたある夜、泣いている私に母が言った。

「もういいよ。もういい。優子には施設に入ってもらおう。そうしよう、ね」

私はぼろぼろ泣きながら、ごめんねごめんねと優子に詫びた。優子は、どこまで理解できたのかはわからないけれど、神妙な顔で「うん」とうなずいた。

「優子を入所させてください」

家族そろって施設へお願いしに行ったのは、十月下旬のことだった。

レインドロップ

母の介護を始めて一番変わったのは、なんと父だった。母が倒れた当初はいつも迷子の子犬のような顔をしてうなだれ、

「俺わからん」

「俺できへん」

「これからどうなるんやろう」

ばかり言っていた。家事はおろか自分の下着がどこにあるかも知らず、ゴミの分別もできず、介護講習を受ければ途中で逃亡するという伝説的なダメ親父。なのに痛々しいくらい母を愛している。そんな父が、母が退院してからは
「俺がやらねば」

と一念発起！

「俺の嫁さんやもん！」

と特訓を重ね、ついにトイレ介助までできるようになった。

父はマッサージ係も引き受けてくれた。母の手足を毎晩欠かさずマッサージする。疲

れていようが忙しかろうがこれだけは休まない。「俺の仕事」と決めているのだろう。

母も

「お父さんの大きな手があったかいの」

と喜んでいる。ふたりの様子があまりにも仲睦まじいので「愛のマッサージタイム」と名づけられた夜の三十分間は誰も、飼い猫たちでさえ邪魔しないように心がけているくらいだ。

自分の身の回りのことは相変わらずできないし、ゴミの分別もできないけれど、母のことだけはちゃんとやってくれる。今まで仕事しかしてこなかった六十男としては、それで十分じゃないかと私は思っている。

私自身は、優子を世話してきた経験があったため、オムツ交換も深夜の寝返りも一ヵ月で慣れた。慣れなかったのは排泄コントロールだ。

母は生来の多尿で入院中から看護師さんを手こずらせていた。そのうえ記憶障害で一分前のことも覚えていられない。トイレに行ったことを忘れてしまうのだ。ひどいときには数分おきに「トイレ！」「トイレ！」「トイレお願いします！」と、冗談みたいにトイレコールを連発する。

それだけではない。どういうわけか「オムツをはずすと出る」という性質の悪い癖がついてしまった。オムツを開けた瞬間にジョバー！トイレに連れていってズボンを下ろした瞬間にドバー！パンツをはくため立ち上がった瞬間にダメ押しのジョバー！ベッドはびしょびしょ、床もびしょびしょ、トイレに行けば母も私も、大やら小やらでどろんどろん！

「うおお、これが介護の醍醐味か！」

思わず唸ってしまうほど。着替えと掃除がエンドレスにつづき、一回のトイレに数十分かかることもあった。

でも、それはべつにいいんだ。シーツは替えればいい、トイレは拭けばいい、服は洗えばいい。そんなことより
「ごめんね、汚いね、情けないね」

と小さくなって謝る母を見るほうがつらかった。

そこで私は一計を案じた。降りそそぐ母の雨を『レインドロップ』と名づけたのだ。『雨だれ』という意味。

「まあ、ショパンの曲名みたいね」
母は喜んだ。だって
「オシッコひっかけられちゃった」
って言うより
「レインドロップがふりそそぐ」
のほうが気分が楽でしょう? 雨だと思えば恥ずかしくも汚くもない。
「わっ、レインドロップきた! というより夕立だ! 豪雨だ!」
私が悲鳴をあげると
「たいへん! 傘! あんた傘ささないと!」
母は笑うようになった。

魔法の言葉

慣れない在宅介護の日々はてんやわんやのうちに過ぎていった。頭の中は介護のことだけでいっぱいいっぱいいっぱい。今日のピンチをどう乗り越えるか、明日は何をするべきか、どうすれば床ずれにならないですむか。そんなことばかり考えていた。

病院のベッドで目に涙をうかべる母と交わした「ウィーンへ行こう」という約束は、もちろん覚えていたけれど、在宅介護一年生の私にはとてもじゃないが旅行のことを考える余裕などなかった。

「ウィーンへ行こう」

口では言うものの、本当に行くのか、行けるのかと尋ねられたら黙って首をかしげただろう。ウィーンの街はまだ、思い浮かべるだけで美しい蜃気楼みたいな夢でしかなかった。

ところが母は違ったのだ。記憶障害でなんでもかんでも忘れてしまうのに、その約束だけはちゃんと覚えていた。ろくに字も読めないくせに本屋へ連れていってと頼み、ウィーンの旅行雑誌を買った。

うっとりと写真を眺めて
「すてきね」

とため息をつくために。

七夕の短冊には「ウィーンへ行けますように」と書いた。

母が妄想をみたり不安になったり左手が動かない悲しみを思い出したときには、おまじないを唱えるかのように、ウィーンの街がどんなにきれいか、どんなに美しい音楽であふれているか、街のあちこちにあるカフェがどんなにお洒落かを語ってきかせた。そうすると母は落ち着きを取り戻し、すべての悲しみを忘れるようだった。どんなときでもウィーンの話を持ち出せば母の顔は明るく輝いた。母にとって

「ウィーンへ行こう」

は魔法の力をもつ言葉だった。

「ウィーンへ行こう」

「ウィーンへ行ったら」

「ウィーンへ行くために」

同じ言葉を幾度もくり返しているうちに、それは私自身の内側に染みこみ、私にとっての魔法の言葉となっていった。

四十歳を目前に在宅介護を始めた私は、正直、お先真っ暗な状態だった。仕事をやめ貯金もなく独り身だ。親の介護に明け暮れるばかりで自分自身の老後はどうなるのだろ

うと思うと生きた心地もしない。未来は暗く閉ざされ、希望はなく、この先どうすればいいかわからない。どうすればいいのかどこへ向かえばいいのか、さっぱりわからない。そんな真っ暗闇の状態にウィーンという街が明かりを灯してくれた。

「ウィーンへ行こう」

と母が言う。

「ウィーンへ行こう」

と私も言う。

この先どうなるのかは誰にもわからないし何が起こるか見当もつかない。けれど、心まで立ちすくんでしまってはいけないと思うようになった。

私は考えた。

かつて世界中を旅していた頃、言葉も通じない国でよく迷子になったが、だいたいの方向さえわかれば進むことができた。

「バスターミナルは東だ」

と知っていれば歩きつづけることができた。正確な道を知らなくても、方向さえ正しければ、いつかどこかにたどり着く。人生の道をすっかり見失った現在、私がめざすべき道は「ウィーンの方向」にあるのだと信じた。

進むべき方向が決まれば絶望はしない。

父の稼ぎがあるうちに母をできるだけ回復させておこう。海外旅行ができるくらい元気になれば私も働きに出られるはずだ。今は、今できることだけを考えよう。今なすべきことを頑張ろう。私は余分なことは考えず、母の介護とリハビリに専念することを決意した。

ウィーンは私の世界を明るく照らしてくれる唯一の灯りだった。言い換えればそれは「希望」という言葉になる。

これは夢じゃない、計画だ!

幸運なことに私は周囲の人たちにめぐまれている。私の友達、母の友達、妹の友達、先生、ご近所さん、そして親戚。本当にたくさんの方々に助けていただいた。晩ごはんを届けていただいたり、母や妹の介護を手伝っていただいたりした。

ウィーンに行くという夢は母も私も口癖のようにくり返していたからみんな知ってい

た。

「そう、それはいいね」

「頑張ってね」

と言ってもらっていた。

だからといって全員が私たちの夢に賛成してくれていたかというと、そうでもない。

ある夜、帰宅した父がぶっきらぼうにこう話した。

「『ウィーンどころじゃないだろう』って言われたよ」

暗い表情から、父自身も傷ついていることが見てとれた。

「老後は金がかかる。海外旅行なんて夢をみている場合じゃないだろう、ってさ！」

それは酷い言葉だった。私たちの希望の灯、たった一本しかない、ささやかなロウソクの火にバケツの水をぶっかけたのだ。

しかも間の悪いことにその言葉が母の耳に入ってしまった。母はパニックを起こし
「私たちウィーンへ行けないの？」

とつぶやいた。悪夢をみている顔だった。

「やっぱり無理なの？」

やっぱり、という言葉が出てくるあたり、母にも思うところがあるのかもしれない。
母はその夜たくさんの不安な妄想を見た。落ち着かせるために私は何度も何度も
「大丈夫。ウィーンには絶対連れていくから」
と耳元でくり返しくり返し、抱きしめ、ベッドに連れていって寝かせた。

私は目の前で鏡を叩き割られたような気持ちだった。

母の介護度が重いからじゃない。連れていくのは大変だとか体が心配だからという理由で反対されたわけじゃない。そんな言葉だったら私は笑って言い返すことができただろう。

「なんとかなるよ。リハビリを頑張ってるんだから」と言えただろう。

けれどその人の反対理由は「お金」というもっとも現実的で冷ややかなものだった。

さらにこたえたのは、もっとも現実的で冷ややかに思えるその言葉は、どうしようもないほど正しいという事実だった。

「老後は金がかかる。海外旅行なんて夢をみている場合じゃないだろう」

ああ、たしかに老後は金がかかる！　介護にはもっと金がかかる。両親は六十五才と

いう老後の入り口に立ったばかりで、介護はこれからまだまだ何十年とつづくのだ。私自身の人生にはもっともっと金がかかる。無職者が海外旅行なんて夢をみている場合じゃない。そういう親切な助言だった。なにしろ我が家はもともとあまり裕福とはいえない経済状態なのだから。

この言葉を発した人が愛あふれる親切な方だということはよく知っている。私たち家族のことを真剣に考え、心配したからこそあえて厳しい言葉をかけてくれたのだと思う。

でも、そのときはそこまで考える余裕もなかった。

ともすれば暗闇にとざされてしまいそうな毎日でウィーンという灯りを必死に手繰り寄せて暮らしているというのに。たった一つの明るい夢を奪われたら私たちはどう生きていけばいいのだろう。今、この灯りを吹き消してしまったら、母の涙を止める手段は完全になくなる。歩けなくなったことやオムツをつけなければいけないこと、バイオリンを弾けなくなったことをずっと嘆いて暮らせというのだろうか。道しるべを取り上げられた私はどちらへ進めばいいのかわからず途方に暮れて、真っ暗闇のなかで立ち尽くしつづけるしかない。

「ウィーン以外の夢を見つければいい」

きっとその人は言うだろう。じゃあ、ほかに何かあるのだろうか。バイオリンを弾く手を失った埋め合わせになるようなものが、音楽の都ウィーン以外にあるのだろうか。どんなときでも母を笑顔にしてくれるような美しい夢が、生きる希望を与えてくれる明るい道しるべが、そう簡単に見つかるというのだろうか。

私は感情的で浅はかで器の小さな人間だ。だからあのとき、もし面と向かって言われていたら、年上のその人にかなり失礼なことを口走っていたかもしれない。

「海外旅行なんて夢をみている場合じゃない」

幸いなことにこの言葉は父を通して伝えられた。感情を吐き出す相手が目の前にいなかったため、その場で反論することもできず、おかげで人間関係をぶち壊さずにすんだ。けれど感情をためておけない私はその夜、びいびい泣きながら従妹にぜんぶ話した。LINEで愚痴をこぼしたのだ。従妹は私よりずっと大人なので黙って話を聞いてくれた。怒りも泣き言も愚痴もぜんぶ聞き入れてくれた。

「そうやんな、そうやんな」

従妹の優しいうなずきは、ささくれだった私の心をなだめ、夢を傷つけられた衝撃をクッションのように吸収してくれた。

言葉にして吐き出すことで気持ちが落ち着き、怒りと悲しみが吸い取られていった。激しい感情が整理されていき、だんだんと理性を取り戻すことができた。

ウィーン旅行を否定されたときに感じたことからマイナス感情を差し引くと、残るのは一つだけだった。

「母を絶対にウィーンに連れていく」

という決意だ。

あの人の言葉はきっと正しい。客観的にみて我が家の経済状況は旅行なんかしてる場合じゃないし、母の体を飛行機に乗せることは難しい。

でも、だからなんだというのだろう？

難しいからあきらめて、お金がもったいないからあきらめて、チャレンジすることをあきらめて。その後の人生を
「ああウィーンに行きたかったなあ」

「もうなんにもできないなあ」

と嘆くだけで終わらせてしまうのか。そんな人生はきっと楽しくなんかない。

客観的がなんだ。無駄遣いがなんだ。誰がどう言おうと、何と思われようと、将来ど

うなろうと、今の私たちにはウィーンへ行く理由があり、必要がある。

それは「生きることをあきらめないため」だ。

当時はちょっと傷ついてしまったけれど、今ではあの人に感謝している。あの冷静な言葉、するどいツッコミがあったおかげで私はまっすぐに見つめることができた。ウィーン旅行を、ふわふわした夢なんかではなく「現実のもの」として考え、立ち向かうことができた。そのあと私たちがウィーンに向かって突っ走ることができたのは、あの手厳しい言葉のおかげなのだ。


従妹とのLINEを終えたあと、私はこの先どうするべきか真剣に考えた。ウィーンの灯を消さないためにはどうすればいいいか。

ふと、旅先で出会った青年の言葉が思い浮かんだ。彼はエチオピアの小さな村に住み、外国人相手に観光ガイドをしていた。裕福というにはほど遠いがコツコツと貯金をしているそうで、こんな話を聞かせてくれた。

「今、この国は土地がものすごく安いんだ。ほとんどタダで土地がもらえる。だから僕は今のうちに土地をたくさん買い集めておくんだ。エチオピアは数年もすればきっと観光が盛んになって君みたいな外国人がたくさん訪れるようになる。そうしたら僕はホテルを建てて大儲けするんだよ」

それは素晴らしい夢だねと私がいうと、彼は強く否定した。

「これは夢じゃない。計画だ」

プランだと、彼は強調した。

「夢なんか叶わないかもしれないだろ。夢っていうのは、やみくもに努力したり神様に祈ったりすることで、計画とはぜんぜん違うんだよ。計画とは、可能性を見極め、情報を集め、考えに考えた上で実行するものだ。僕は僕のホテルを建てる計画をしている」

そうだ、その通りだ。エチオピアの青年が言う通り。

夢であってはいけないんだ。心底それを望んでいるのなら、夢ではなく計画を立てなくてはいけない。可能性を見極め、情報を集め、綿密に立てたプランを一つずつ実行していく。

私はそれをしようと思った。

第二章

基礎づくり

決意を言葉にすること

夢を計画にするにあたり、最初にするべきことはなんだろう？ 私は「決意を固めること」だと考えた。ウィーンへ行くと決心すること。そんなことは最初からすんでいるように思えるけれど、実は違う。

「ウィーンに行きたいなあ」

なんて言っているうちはダメだ。旅行のパンフレットを広げ、ため息をつきながら写真を眺めたってどこにも行けない。憧れだけでは現実にならない。銀行から預金をおろしてエアチケットを買う、生々しく重たい覚悟をもって

「ウィーンに行く！」

と言い切る必要がある。

また、

「絶対にいつか行く」

でもやっぱりダメだ。それは

「いつか痩せよう」

「来週からダイエットしよう」

なんて言っているうちは痩せないのと同じこと。ずるずると先延ばしにして結局、何もしない。『いつか』なんて日はこない。

いつかではない。

「今」だ。「今」。

ダイエットを決心したらその瞬間から甘いものを我慢しなくちゃいけない。ウィーンに行く決意を固めたら今この瞬間からウィーンへ行く準備を始めなければならない。

今を逃せばもう後がない。

「私はウィーンへ行く」。

ちゃんと決意を固めたら、次にやることは意思表示だ。

ダイエット方法の一つで、周囲の人たちに「今日からダイエットします！」と宣言する方法がある。公言した以上はなにがなんでもダイエットを成功させなければいけない、自分の言葉に責任を持たなくてはいけない、と自らを追いこむ方法だ。

私の場合はブログのタイトルを変更した。

『在宅介護しながらウィーンへ行くブログ』と。

計画を立てよう

十分に気合いを入れたら、計画を立てよう。
私は『在宅介護しながらウィーンへ行く計画』をざっくり三つに分けて考えた。

1、基礎づくり
2、旅行の準備と練習
3、実行

第一段階は「基礎づくり」。旅行をするのに絶対に必要なものはまず「体力」だ。要介護五のお年寄りが海外へ、なんて、そう簡単に行けるわけがない。スタミナが必要だし身体機能も回復させなくちゃいけないから、しばらくはリハビリ期間が必要だろう。それに普通の旅よりもずっとお金がかかるから「貯金」をする。リハビリも貯金も気長に取り組まなければいけない。モチベーションの維持が鍵となるはずだ。

リハビリの様子をみながら旅の骨組みを決めていこう。何日間行くのか？ 誰と行くのか？　危険はないのか？　どれくらいの旅ができるのか、計画実現の可能性を見極める必要がある。

第二段階は「準備と練習」。飛行機やホテルの手配、荷物など実際的な「準備」を始める。何かあっては困るから、情報収集もしっかりやろう。

それと並行して、母には旅行のための「練習」をしてもらう。家や施設での暮らしには何不自由なくても外国へ行けば困ることが数多くあるはずだ。日本とはトイレのサイズだって違うし、石畳はガタガタだし、慣れない交通機関も使わなければならない。問題は山ほどある。それを乗り越えるためには、旅のシチュエーションを想定し、具体的なリハビリをこなしていく必要がある。いわば旅行の練習だ。

そして第三段階は……実行あるのみ！

計画にはスケジュールが必要だ。いつ行くのか決めておかなくてはいけない。先にも述べたように「いつか」なんて日はこない。自分を甘やかさないためにも具体的な期限を切っておきたい。

ところがこれが難しかった。第一段階にはかなりの時間がかかるからだ。

お金なんてそう簡単には貯まらないし、母が回復するのは数ヵ月先か、それとも数年先か、まるで見当がつかない。一方では加齢による衰えもある。高齢になればなるほど体力が失われるから、回復を待ちすぎればかえってチャンスを逃してしまう。

「それで、いつウィーンに行くの？」

母が無邪気に尋ねてくるので、私は

「うーん」

と考えた。

未来を予想をすることは難しい。人生、何が起こるかわからない。思いがけない災いが降りかかるかもしれないし、やっぱりやめた、無理だった、と頓挫するかもしれない。それでも決めないわけにはいかない。考えこんで何もしないわけにはいかない。

「よし、二年後だ」

と私は決めた。

「二〇一六年の夏にウィーンへ行く！」

母にとって六十代最後の夏に行くことを決めた。

無職でも貯金すること

計画最初にして最大の難関は資金づくりだった。よく「人生なんとかなる」っていうけど、お金だけはどうにもならない。人生そんなに甘くない。バケツの水をぶっかける勢いのきついツッコミも結局はそういうことだ。妹の入所や母の介護、私の退職により、我が家の家計はギリギリになっていた。貯金がないわけではないが、先のことを考えるとビタ一文使えない。旅行資金は新たに捻出する必要がある。予想される旅行費用は二人でおよそ百万円。無職の私に貯金などできるのだろうか?

まずは脱ニートということでアルバイトを探した。母がデイサービスに行っている昼間、週三日がベストだが、都合のいい時間帯ではなかなか見つからない。

そもそも、母はデイをちょくちょく休むのだ。体調不良や通院の場合もあったけど、気分がのらないから行きたくないとか、どうしても遊びに行きたいと言うときもあった。

「ワガママなんだから!」

と私は怒るフリをしたが、それが単なるワガママでないことは知っていた。

デイサービス利用者の大半は八十才以上。近頃では百を超えるご長寿もザラにいて、認知症の人も多いらしい。六十五才の母にはジェネレーションギャップがありすぎるのだろう。

「みんな戦前の話とお相撲の話ばかりしてはる」

と呟く顔は寂しそうだった。デイを休みたいと言ったときは休ませて、気分転換をしてあげたいと思った。

そういうわけで私は昼間働くことは難しくなった。

昼がダメなら夜に働こう。マットレスが体に合い、この頃には寝返りをさせる必要がなくなったので、深夜なら出かけられるはずだった。
仕事はすぐに見つかった。宅配便の仕分けだ。深夜から明け方までの五時間ほど、時給千円。久しぶりの仕事はキツかったけれど楽しかった。家を出てバイトに行くことは気分転換にもなった。介護から離れられることが嬉しかった。誰の世話もせず、若くて健康な人と会話し、自分のことだけ集中できる。素晴らしい時間だった。
三ヵ月という短期契約だったが
「常勤にならないか」

と声をかけられたときは嬉しかった。誰かから認められ必要とされることはありがたいことなのだ。つづけたいと思った。でも、あきらめた。私が働きに出ることで母が不安定になってしまったからだ。

夜中に目覚めたとき、私がいないことに気がついて

「もしこのまま帰ってこなかったらどうしよう」

という妄想に駆られるようになった。母の妄想のなかで私はいつも事故に遭って死んでいたらしく、私が帰宅すると

「よかった、生きてた！」

と目に涙を浮かべて喜ぶなんてこともあった。

妄想を見ない日でも、寂しさのためか朝方まで寝ずに待っていて

「おかえり！」

と迎えてくれることもしばしば。

これでは母が体を壊してしまう。病気でウィーンに行けなくなったら本末転倒だ。だから三ヵ月でバイトを辞めた。

バイトがダメなら内職だ。在宅ワークだ。といっても私はおそろしく不器用なので細かい仕事なんてできないし、今どき封筒貼りの内職など見つけるほうが難しい。私が選んだのはインターネットで文章を書く仕事だった。

その一つはブログを書くこと。趣味で書いていた日記ブログに広告を貼ればささやかながら収入が得られた。電子書籍を書いてブログのお客さんたちに買ってもらったりもした。

もう一つは、インターネットで依頼を受けてウェブ記事を書く仕事だった。ゴーストライターみたいなものだ。質より量の世界で、わずかな賃金でいろいろ書いた。旅の技術、本や映画の紹介、怖い話、日本全国のお祭りの紹介、百均商品のＤＩＹ技術、などなど。他人には言えないような記事もたくさん書いた。

報酬は、安いものだと五百文字で百円程度。子供のお小遣いレベルだ。ウィーンに向かって「一歩ずつ進む」とさえ言えない。〇・〇一歩ずつかもしれない。それでも、ちりも積もれば山となる。百円の記事でも一万回書けば百万円になる。

「私はこの仕事でウィーンに行くんだ、この百円で飛行機のチケットを買うんだ！」

そう思って暇さえあればパソコンにしがみついていた。

家じゅうを掃除して、売れそうなものを片っ端から売り払うこともした。本や漫画は言うに及ばず、古いカメラや電子辞書、若い頃ファンだった宝塚スターのグッズや、旅先で買ってきた小物まで売りはらった。おかげで私の部屋はちょっとスッキリした。

小銭貯金もコツコツやった。小銭貯金は挫折しやすいから、常に意識しつづけることが肝要だ。毎日イヤでも目につくように、『ウィーン貯金』とでかでかと書いた貯金箱を食卓の上にデンと置いた。掃除中に見つけた十円玉、財布にたまる一円玉、ポケットの中で忘れられていた五円玉などを入れていく。父が競輪で勝ったときには五百円玉や千円札を寄付してくれることもあり、半年で五千円くらい貯まっていった。

アルバイトに比べれば内職や小銭貯金の額は微々たるものだ。それでも、尺取り虫のような歩みでも、進んでいることには間違いない。百円。また百円。〇・〇一歩ずつ進んでいけばいい。

わずかな歩みを感じられるように、私はある工夫をした。「レコーディング貯金」だ。これは毎日の体重をグラフに記録する「レコーディング・ダイエット」というダイエット方法にならった。部屋の壁に、貯金額が一目でわかるグラフを貼り出し、一万円貯まるごとに目盛り一つ分、色を塗る。目に見えてわかるから、レコーディング・ダイエットならぬ「レコーディング貯金」はモチベーション維持にとても役に立った。

私たちは二年後をめざし、百万円貯金の達成をめざし、ウィーンをめざして走り始めた。一つ、また一つ、憧れが実現へと進んでいく。

いつか、ではない。

夢ではない。

今だ。今。

ウィーンへ行くためのたくさんの計画を一つひとつ実行していく今、すでに私たちの旅は始まっているのだと思った。

目標に向かってリハビリを

もう一つの『基礎づくり』は、母のリハビリをすることだ。頭も体ももう少し回復させなければお互いに危険だ。長時間フライトに耐えられる体力と、トラブルが起きても妄想に駆られない冷静さがほしい。

幸いなことに母はリハビリの重要性が身にしみていた。かつては母自身が障害のある優子にトレーニングを行ってきたからだ。その記憶があるから常に意欲的だった。デイケアや訪問リハビリはもちろん、自主トレも欠かさない。

家では毎日、立位訓練をしていた。手すりにしがみついて立ち、

「いち、に、さん……」

と数を数える。目標は五十秒間立つことだが、なんとここでも魔法の言葉『ウィーンへ行こう』が発動した。あるとき母が
「ドイツ語でやろうよ」

と言い出したのだ。

「ウィーンはドイツ語でしょ。リハビリのついでにドイツ語を覚えよう！」

そこでインターネットでドイツ語会話の動画を探し、発音を真似しながらふたりでドイツ語の数を数え始めた。記憶障害のある母にとって、新しいことを覚えることはとてもとても難しい。それでもあきらめずに毎晩毎晩、くり返した。毎晩毎晩。

「アインス・ツヴァイ・ドライ……」

「アインス・ツヴァイ・ドライ……アインス・ツヴァイ・ドライ……」

気がつけばとっくに五十秒以上立っていられるようになっていた。

ドイツ語の練習は数だけにとどまらない。基本的な挨拶「初めまして！」「日本から来ました。名前はヒロミです」なども何百回とくり返すことで覚えた。

「トイレに行かなくちゃ！」

「コーヒーが飲みたい」

など母にとって絶対必要な言葉をもドイツ語で書き、壁に貼りだした。

「イッヒムス・ツア・トイレッテ・ゲーエン！」

「イッヒメヒテ・カフェ・トリンケン！」

そして寝室の一番目につくところにはこんな言葉を。

「ヴィア・ゲーエン・ナッハ・ウィーン（私たちはウィーンへ行く）」

文法が間違ってるかもしれないし発音もわからない。正しいドイツ語を学ぼうとしているわけじゃない。ただ
「ウィーンに行ったらドイツ語を話す機会もあるかもしれない」

と想像することが目的だった。楽しい想像はやる気を起こさせる。疲れを忘れさせて

くれる。母は
「イッヒ・ビン・ミューデ！（疲れた！）」
と言いながらも立位の練習をつづけていた。

二度目の要介護認定調査

ドイツ語で数を数えながらの立位の練習は目覚ましい効果を上げた。上手に立てるようになるとトイレが使える。それまでトイレ介助はふたりがかりだったが、私ひとりで連れていけるようになった。体力がつき、数時間は車椅子に座っていられるようになった。妄想も減っていった。読み書きができるようになり、本も読めるようになった。退院から一年あまり。ろくに座ることもできなかった母とは、まるで別人だ！


あっという間に月日が過ぎて、要介護認定の更新の時期が巡ってきた。前回と同じように調査員がきて、障害の重さを測っていく。

「今度は『要介護四』に下がるだろう」

と私は思っていた。これだけ回復したのだから。最初の認定の頃よりずっとよくなったのだから。

　ところが最初の質問が悪かった。

「今は何月ですか？　季節は？」

「六月です！」

　まだ肌寒い三月なのに母は初夏だと言い張った。見当識障害は治っていないから仕方がない。その後の質問にも、ここは二階だと言ってみたり、立てないのに立てると言ってみたり、歩けるんで見てくださいと言って止められたり、祖父母が生きていると言い張ったり、だいぶ……やらかした。

　そうして下された判定は前回と同じ「要介護五」。

「同じなの？」

　思わず声が出た。母はこんなによくなったのに。前よりずーっとよくなったのに。

「前に比べたらよくなったといってもね、やっぱり重介護には違いないんですよ。要介護五の中でも一番重いところから、ちょっと軽い『四に近い五』に変わったということでしょう」

　とケアマネージャーさんが慰めてくれた。

「いいんじゃないですか、五のほうがサービスいっぱい受けられますよ」

うん、自己負担も増えるけどね！（同じサービスを受けても要介護度が重いほど自己負担金が増える場合がある。）

百円の仕事

要介護五だろうが何だろうが、母のモチベーションが落ちることはただの一度もなかった。スーパーポジティブな母は、少しくらい問題が見つかっても
「なんとかなるわよ」

で片付けてしまい、深く悩むことはないからだ。障害のせいで状況を理解できていない、ともいえるけど。

私は母ほど強くない。あれこれ考えて不安に陥ることはしょっちゅうだし、本当に行けるのだろうかと思い悩むことも多かった。

一番キツかったのは、やはりお金のことだ。

先に書いたとおり私はインターネットでささやかな内職をしていた。若い頃から体を

動かす職業に就いていた私にとって、毎日何時間もパソコンに向かうのは楽ではなかった。

当時の私の一日は、朝六時に起きて「目覚めの内職」、家事をすませると「朝の内職」、母が昼寝をすれば「午後の内職」、母が寝たあとに「夜の内職」という具合で、暇さえあればパソコンに貼りついて作業をしていた。姿勢が悪いのかしょっちゅう腱鞘炎になり、保冷剤で冷やしながら書きつづけた。

だが本当につらいのは腱鞘炎ではなかった。

家の中にこもっているとひどく落ちこんでしまうのだ。子供の頃から広い世界に憧れて世界中を旅していた私が小さな家に閉じこもっている。なんという違いだろう。海外で出会った旅仲間は今この瞬間、どの国でどんな景色を見ているのだろう。もし母が倒れなければ私は今頃どうしていただろう……などと無益な考えが頭をよぎる。

将来のことを想像するとさらに恐ろしい気持ちになった。このまま小銭稼ぎしかできないまま、たったひとりで老いてしまったら私はどんな死を迎えるだろう？　そんなことを考え始めるとまた立ちすくんでしまいそうになる。そのたびに私は闇を振り払い、今はウィーンという灯りに集中しようと懸命になった。

仕事をしているあいだもしょっちゅう母に呼び出されるのも悩みのタネだった。

「トイレ！」

「トイレ行きたい！」

「ごめん、またトイレ！」

作業時間が限られている仕事中にもひっきりなしのトイレコールが入る。これが終わるまで待ってて、と言っても
「我慢できなーい！」

そうこうしているうちに締め切りがきて数十分かけた作業がパーになる、なんてこともあった。

かといってトイレコールを無視していると
「さっきから呼んでるのにちっとも来てくれない、パソコンばっかりして」

と母はすねた。

ちょっとくらい我慢してよ。仕事なんだから。

「仕事ったって、たった百円でしょ！」

この言葉には腹が立った。

一件百円の細かい内職しかできないのは、母のせいじゃないか。母がややこしい妄想なんて見なかったら宅配便の夜勤をつづけられたのに。日中の短時間バイトだってできただろうに。そもそも母が倒れなければ、私はまだ普通に働いていたはずなのに…。

なのに、なんだそれは。どうして、よりにもよって母その人に「たった百円の仕事」と、けなされなくちゃいけないんだ。

「お母さんが倒れたからこんな仕事してるんでしょう！」

思わず口走ってしまった。

怒っても仕方がなかった。

どんなに説明しても母は私が仕事に行けない理由を理解できない。それでも母は私が怒っていることにショックを受け、悲しそうな顔をして
「ごめんね、迷惑かけて」

と詫びるのだった。

私は激しく後悔した。母だって、好き好んで倒れたわけではないのに。母のせいじゃないのに。

「私こそ、ごめんね」

そのあと、スコーンを焼いてコーヒーを淹れて仲直りをした。

「たった百円の仕事」

この言葉はいつも私を悲しくさせた。友人にも

「百円って！」

と笑われたことがある。

「小学生の肩たたき券か！」

たった百円、そんなのゴミ拾いみたいな仕事だというのだった。気がつけば、笑われるより先に

「一件百円だけど、一時間に七、八件済ませるから時給はだいたい八百円」

と言いわけしている自分がいた。

だが、悲しかろうが情けなかろうが、やらなくちゃいけない。ウィーンへ行くために。私は書きつづけた。書きつづけなくちゃいけない。書いて書いて一日中書いて、しばらくするとようやくまとまった仕事をもらえるようになった。

「一件千五百円でどうでしょう?」

と言ってもらえたときは嬉しかった。初めてちょっと人間らしく扱ってもらえたような気がした。

思わぬ借金

ところが、どんなに頑張っても貯金は遅々として進まなかった。小銭貯金や内職ではそうそう貯まるわけがないのだ。〇・〇一歩ずつの歩みでは目標の百万円ははるかに遠く、伸び悩むグラフを毎日眺めているうちにため息がでてしまう。それでも他に術はないと頑張りつづけていた。

そんなときだ。

父が唐突に

「金を貸してほしい」

と言い出したのは。

「五十万、どうにかならないか?」

わけがわからなかった。我が家の生活費は主に両親の年金でまかなっている。父はさらに給料から毎月五万ずつ家に入れてくれるが、アルバイトとはいえフルタイムで働いているからある程度は残るはずなんだけど……何かあったの？

「競輪で負けた」

えっ？

「あのな、絶対に勝つと思っててん！　勝つと信じててん！」

父は熱弁をふるった。

「おかしいねん、絶対に勝つはずやってん」

でも負けたと。

「そう」

それで五十万溶かしたと。

「そう！」

なんでそんなに自信満々なんだろう。

博打好きの父はこれまでにも、競艇でこしらえた借金を宝くじで返済したり、大金をつぎこんだ株が紙くずになってしまったり、いろいろやらかしてはいた。だけどこんなときに、何もこんなときに、私たちが必死で百万つくろうと内職をしているときに、競輪で五十万もするなんて！

私は烈火の如く怒ったが、父という人は何を言っても暖簾（のれん）に腕押し糠（ぬか）に釘。怒るだけエネルギーの無駄だった。

母も事態がわかっているのかわかっていないのか、

「いつものことよ」

とため息をつくだけ。これだから我が家には蓄えが乏しいのだ。

話し合いの末、父の借金は母の預金を削って返済し、父は毎月の小遣いから少しずつ母に返していくことで解決した。

「これくらいすぐ返すから大丈夫や！」

貴重な貴重な五十万円が失われたというのにあっけらかんとしている父と、のほほんと微笑んでいる母を横目に、私はひとりで落ちこんでいた。

「老後は金がかかる。海外旅行なんて行ってる場合じゃない」

いつかの冷ややかな言葉が耳に蘇る。やっぱりそうなのだろうか。あの人の言うとおりなのだろうか。現実的に考えれば、より大事なのは将来に備えることであって、今は一円でも多くお金を残しておくべきなのだろうか。介護が必要な両親をかかえて無一文

になって、にっちもさっちも行かなくなってから
「あのときウィーンなんかに行かなければ……あのときのお金があれば」
と後悔するんじゃないだろうか。
お金の問題はいつもカミソリのように心のエネルギーを奪っていく。私は途方に暮れ、立ちすくんでしまった。

このままウィーンをめざしつづけるべきか。それとも引き返すべきか。

悩んでいたとき、以前勤めていた会社の先輩とご飯を食べに行った。いろいろ話しているうちに思わず弱音を吐いてしまった。やっぱりちょっと自信ない、ウィーン旅行なんて無理なのかもしれないと。

そしたら思い切り叱られた。

「無理だと思ったら無理になる。アカン思ったらアカンようになるねん。お金なんてどこからともなく転がりこんでくるから大丈夫！」

まったく根拠のない無責任な励ましだったが、それでも嬉しかった。

「いつかは後悔するかもしれない。でもそれは、今じゃない」

今は今するべきことだけ考えろ、と先輩は言った。今するべきことは将来を思い悩むのではなく、ウィーンをめざしつづけることだ。

「無理だと思えば無理になる」

先輩の言うとおりだと思った。悪いイメージを抱いていると無意識に悪い方向へ進んでしまうもの。

「もし悪いことが起きたらどうしよう」

という心配は自分に呪いをかけるようなものなのだ。

このままではいけない。弱気になってはいけない。計画するからには、はっきりと思い描かなくてはいけない。もちろん成功のイメージをだ。

よいイメージを保つため、私は雑誌からウィーンの写真を切り抜いて部屋中に貼りまくった。シェーンブルン宮殿、黄金のコンサートホール、皇后シシィの肖像画、ウィンナ・コーヒーとチョコレートケーキ。

色とりどりの写真は見ているだけでも楽しかったし、

「ウィーンに行ったらあのお城を見よう」

「カフェであのケーキを食べよう」

と、ウィーンにいる自分を思い描くことができた。

他にも「レコーディング貯金」のグラフを貼ったり、練習中のドイツ語を貼りだしたりもした。一番に目につく壁にはもちろんこの言葉を飾った。

「ウィーンへ行こう！」

この先、何が起こるかわからない。うまくいかないかもしれないし、失敗するかもしれない、後悔するかもしれない。でも今はウィーンだけを見つめていよう。私と母にとって、たった一つの灯り、進むべき方向なのだから。その向こうに新しい世界が広がっていると信じて。

旅の骨組みを決定する

ウィーンがふわふわした夢ではなくなり、しっかりとした目標として固まると、次はさまざまなことを見極め、決定していかなければならない。旅の「骨組み」を作る作業だ。

ー　実現可能かどうかを見極める

まず、そもそも根本的な問題。母を飛行機に乗せても大丈夫なのか? という身体的な問題。そして海外でも私ひとりでちゃんと介護ができるのか? という問題。

身体的なことは脳外科の先生に相談した。

「血圧は薬でよく下がっていますので、飛行機に乗ること自体は大丈夫だと思います。ただ水分を普通の人よりたくさんとることと、エコノミー症候群にはくれぐれも注意するように」

海外での介護に関しても、まあなんとかなるだろうと思っていた。私はウィーンをちらっとだが訪れたことがあるし、母も海外には慣れている。それになんといっても、私たちには大きな実績がある。十年ほど前に、重度障害のある妹、母よりもずっと大変な妹をつれてエジプト旅行をしたことがあるのだ。そのときは本当に大変だったけれど、それでもなんとか生きて帰ってこれた。

だから

「優子がエジプトへ行けるんだから、お母さんがウィーンへ行けないはずがない」

と、そこには一片の迷いもなかった。しかも今度はエジプトじゃない。発展途上国へ行くんじゃない。ヨーロッパだ。万が一のときは英語も通じるし清潔な病院だってちゃんとある。行って行けないことはないという、のうてんきな確信があった。

2　誰と行くのか

この旅のメインである母と、介助者の私。その他に誰がこの旅行に参加してもらえるだろうかと考えた。ふたりだけでも行けないことはない。行けないことはないが……ちょっと寂しい。

ふつうに考えて父に来てもらえれば一番ありがたいのだけれど、父にはまだ勤めがあり、休むことは難しい。それに「音楽といえば演歌」という父をクラシックの都ウィーンへ連れていくなんて罰ゲームに等しいだろう。

「うん、行っといで。おれは留守番してるから」

心が広くて優しいのが取り柄の父はそう言ってくれた。鬼の居ぬ間に洗濯ができると喜んだのかもしれない。

そこで、父の代わりに亜子おばさんが一緒に来てくれることになった。母の二才年下の妹で、母が倒れる以前から

「ウィーンへコンサートを聴きにいこうね」

と約束していたらしい。亜子おばさんも還暦を迎え､体も弱いからちょっと心配だが、ヨーロッパの滞在経験もありクラシックにも詳しいので母にとっては何よりの話し相手になってくれるだろう。

3　日程を決める

二〇一六年の夏に行く。そう決めた当初は、夏といっても九月初旬の予定だった。九月に入るとウィーン観光はシーズンオフになり、ホテルも航空券も価格ががくんと下がるらしいと噂に聞いていた。

けれど値段だけでは決められない事情があった。父のことだ。六十代半ばの父をひとりぼっちで留守番をさせるのは心配だった。不摂生の塊みたいな人でいろいろ持病もある。

そこで百合子に帰ってきてもらうことにした。結婚して海外に住む妹で、子供を三人もうけている。私たちがウィーンに行くあいだお父さんをみていてほしいと相談したら

「子供の学校が休みのときなら行けるよ」

と言ってくれた。孫たちが来てくれたら父も楽しく過ごせるだろう。学校が六月下旬から休みに入るというので、それに合わせて旅行日程を決めることになった。

二〇一六年、六月二十三日からの一週間だ。

旅行会社を決める

海外旅行にはいろんなスタイルがある。価格重視ならパックツアー。食事も観光も込みの値段で、観光地まで自動的に連れていってもらえる。近頃では障害者向けのツアーを企画している旅行会社もいくつかある。ツアーなら何も考えずに任せておけばいいから楽ちんだろう。けれど旅程を見てみると、意外にハードな内容であることがわかる。一般のツアーに比べればゆったりしているとはいえ、丸一日を費やして移動をしたり、朝から晩まで観光をしたり、母の体でそんなことできるわけがない。

それでは個人旅行がいいだろうか。ホテルもフライトもすべて自分で手配すれば安上がりだし自由気ままな旅ができる。だが何が起こるかわからない旅先で、もし何かが起こってしまった場合、私ひとりで対処をする自信がない。いざ何かあったときに頼れるところ、相談できるところはあったほうがいい。

そこで中間をとって、旅行会社にアレンジを頼むことにした。旅行会社を通してホテルやフライトの手配をお願いするのだ。

では、旅行会社はどうやって選べばいいのだろうか？

私には苦い経験がある。障害のある優子をエジプトに連れていこうとして、旅行会社選びで大失敗したのだ。「障害者の旅行に特化した代理店」に手配を頼んだのだが、なんと出発一週間前になって恐ろしいことを言い出した。

「すみません、飛行機がとれませんでした」

もちろん旅行代金はとっくに払っているしホテルも予約済み、なのに肝心のフライトが「とれてません」とはどういうことだ！

怒り心頭で問いただしたら
「大手旅行会社に席をとられてしまって……」

その言いわけが真実かどうかはわからない。すぐに別のフライトがとれたから良かったものの、ちゃんと旅行に行けるのかどうか本当にハラハラしたし腹も立った。そのとき「うちは弱小なので」と何度も何度も繰り返されたためにこれがトラウマになってしまった。

そういうわけで今回は、「旅行会社は大手にしよう」と最初から決めていた。

障害者旅行に強い大手旅行会社。そこでエイチ・アイ・エスのバリアフリー専門窓口「ユニバーサル・ツーリズムデスク」に目をつけた。その名のとおり障害者旅行に特化した部署だ。世界中をまわる車椅子ツアーや耳が不自由な人のためのツアーなどを催行しているほか、個人旅行のアレンジもしているということだった。エイチ・アイ・エスはもともと航空券手配にも強いイメージがあるから融通も利きそうだと思った。

「よし、エイチ・アイ・エスに頼もう」

そこまで固まっていたが、電話をかけて申しこみをするにはもう少し時間を必要としていた。

頭の中で計画を立てることと、実行に移すことはべつだ。今まで頑張ってきた貯金とリハビリの「基礎づくり」はすべて家の中のできごとだった。旅行会社に電話をかけて申しこめば、もう引き返せない。計画は次のステップへと進み、私たちのウィーン旅行は本格的に、現実的に、形をもって動き出す。動きだしてしまう。その最後のボタン押すには……ちょっと、ちょっと、ちょっとだけ、勇気が必要だったのだ。

今日こそ電話をかけよう、今日こそかけようと思いながらも勇気が足りずにためらっていた二〇一五年の冬。旅行まであと七ヵ月という頃に、二つのできごとが起こった。

突然のてんかん発作

十一月末の夜のこと。両親と私と三人で普段どおりの時間に夕食を終えた。食事の後片づけを終えた私はリラックスしてスマホをいじり、母は同じ部屋でバラエティ番組を見ていた。

「芸人さんも大変やねえ」

母は笑いながら話しかけてきたが、私はテレビを見ていなかったのでてきとうに聞き流していた。すると母のおしゃべりが

「ほんとにねえ、こんなに」

と言ったきり突然、止んだ。

どうしたのだろう。

スマホから顔を上げると、母は全身をガタガタと小刻みに震わせてけいれんしていた。

体中の筋肉をつっぱらせ、顔がゆがみ始めている。目はあさってのほうを向いている。唇が震えて細かな泡を吹いている。

「お父さん！」

廊下にいた父に大声で呼びかける。

「発作だ！」

てんかん発作だということは一目でわかった。脳性麻痺の優子もてんかん持ちだからだ。とっさに、もう何十年も優子にしてきたとおりの対応を母にもとった。喉を詰めていないか、舌をかんでいないかを確認する。車椅子に座っているから転倒の心配はない。発作を起こしてからの時間を測る。

「救急車！」

すっとんできた父に向かって叫んだ。が、父は老眼でよく見えないのか、それとも動転していたのか、なかなか一一九を押せずにいたので、受話器をうばって自分でかけた。

「救急車をお願いします！母がけいれんを起こしました」

「落ち着いてください、落ち着いてください」

電話口の向こうから何度も言われた。私はかなり慌てていたのだと思う。

電話を切った頃、けいれんは治まってきた。

「大丈夫や。優子と同じヤッや」

静かな声で父が言った。その声で我に返って時計を見た。二、三分しか経っていない。

大丈夫。

「ぜんぜん大丈夫。優子と同じ」

自分に言い聞かせた。

妹のおかげで、てんかん発作なんて見慣れているはずだった。命に関わるような怖い発作ではないこともよく知っているはずだった。これが優子だったら

「また発作だねー」

なんていって時間だけ測りながらスマホに戻っていたかもしれない。発作を起こしたのが母だから、初めてだから、自分でも情けないくらい泡をくってしまった。とてつもなく怖かったのだ。ちょっと恥ずかしかったし、父が落ち着いていたのがありがたかった。

しばらく眼振（目玉が揺れること）があったものの、数分もすると意識は戻り、救急車が到着する頃には簡単な受け答えができるようになっていた。それでも念のため脳外

科のある病院に運ばれることになった。私は母と一緒に救急車に乗りこんだ。

意識の戻った母は不安におそわれていた。発作を起こしたことを覚えておらず、なぜ自分が救急車に乗せられるのか理解できないようだ。

「大丈夫。優子と同じ発作だから。二、三分くらい。でも初めてだから、念のために病院でみてもらおうね」

「二、三分か。そんなら小さい発作やね」

母は少し安心したようだったが、それでも
「あんた、ついて来てくれるん？」

と私の手を握って尋ねた。

「もちろん行くよ」

答えながら、私の頭にあるのは別の心配だった。

もし、何か別の病気があるのだったらどうしよう。ウィーンに行けなくなるかもしれないと。

脳神経専門の病院まで、通常なら車で二十分はかかるところを救急車はたったの四分で駆け抜けた。母も私もすっかり酔って気持ちが悪くなってしまった。

病院に着くとすぐにCTを撮った。脳外科の先生はCT画像を見ながら
「大丈夫ですよ。新たな出血はありません」

と言ってくれた。

「てんかん発作は脳が傷ついたことによって起きるもので、脳出血の後遺症としてはよくあるんですよ。何度もくり返し出る人もいますし、一度きりで止まってしまう人もいます。これが初めてなら、今はまあ様子見、といったところでしょう。もう帰っていいですよ」

救急車で運びこまれてたった十五分で帰された。あまりにも一瞬で終わってしまい、なんだか申しわけないような、恥ずかしいような気分だった。

それでもほっとした。ものすごくほっとした。新たな病気は見つからなかったのだ。

顔色が戻った母は
「早くおうちに帰ってコーヒーを飲もう」

と言った。

GO!

大事なかったとはいえ、てんかん発作は大きなためらいを生んでしまった。

「発作がくり返すかもしれない」

と言われたから。もしも機内で発作が起きたらと考えずにはいられない。今回と同じような小さな発作ならいい。でも、もしも大きな発作が起きたら。何時間も止まらないような発作が起きてしまったら。そう思うと怖くなるのだった。

恐れはひとりでに成長していった。身体への不安は、金銭的な心配とは比べ物にならない怖さがある。要介護五なのにウィーンへ行くなんて間違いなんじゃないか。こんな体の母を飛行機に乗せるなんて無理なんじゃないか。私はとんでもないことをしようとしているんじゃないか。ひょっとしたら母を殺すことになるんじゃないか？

悪い想像がどんどんふくらんでいく。もう迷わないと決めたはずなのに、ささやかな決意は足元からぐらぐらと大きく揺さぶられていた。

旅行会社に電話をかける勇気が出ないまま、だらだらと一ヵ月が過ぎた。

そうして二〇一五年のクリスマス直前、二つ目のできごとが起こる。ウィーン旅行のスタートボタンを押すきっかけになったできごと。それは一匹の猫の死だった。

長年飼っていた猫が老衰で死んだ。アジャリという名のトラ猫。情が厚くて世話好きで、人間のおじいさんのように風格ある猫だった。犬猫も家族だとよく言われるが、私にとってアジャリは家族というより良き「相棒」だった。母が倒れて大変だった頃、ずっと私のそばにいてくれた。泣いている私の顔をなめ、膝の上でゴロゴロと喉を鳴らしてなぐさめてくれた。

アジャリが死んで数日間はいっぱい泣いた。悲しくて悲しくてこれでもかというくらい泣いてから、私は立ち上がった。

このままじゃいけない。どんなに悲しくても立ち止まっていてはいけない。私たちは生きているかぎり進みつづけなければいけないんだ。そうでないとアジャリが心配してしまう。今日がどんな一日だったとしても、明日へつづく一日でなければならない。

このまま、泣いたままで一年を終わらせてはならない。

頑張るよ、アジャリ。

その瞬間、私はスタートボタンを押したのだ。

「ＧＯ！」

ほとんど衝動的に受話器をとり、旅行会社の番号にかけた。

「ウィーン旅行の手配をお願いしたいのですが」

アジャリが死んで十二日後のことだった。

第三章

旅行の準備と練習

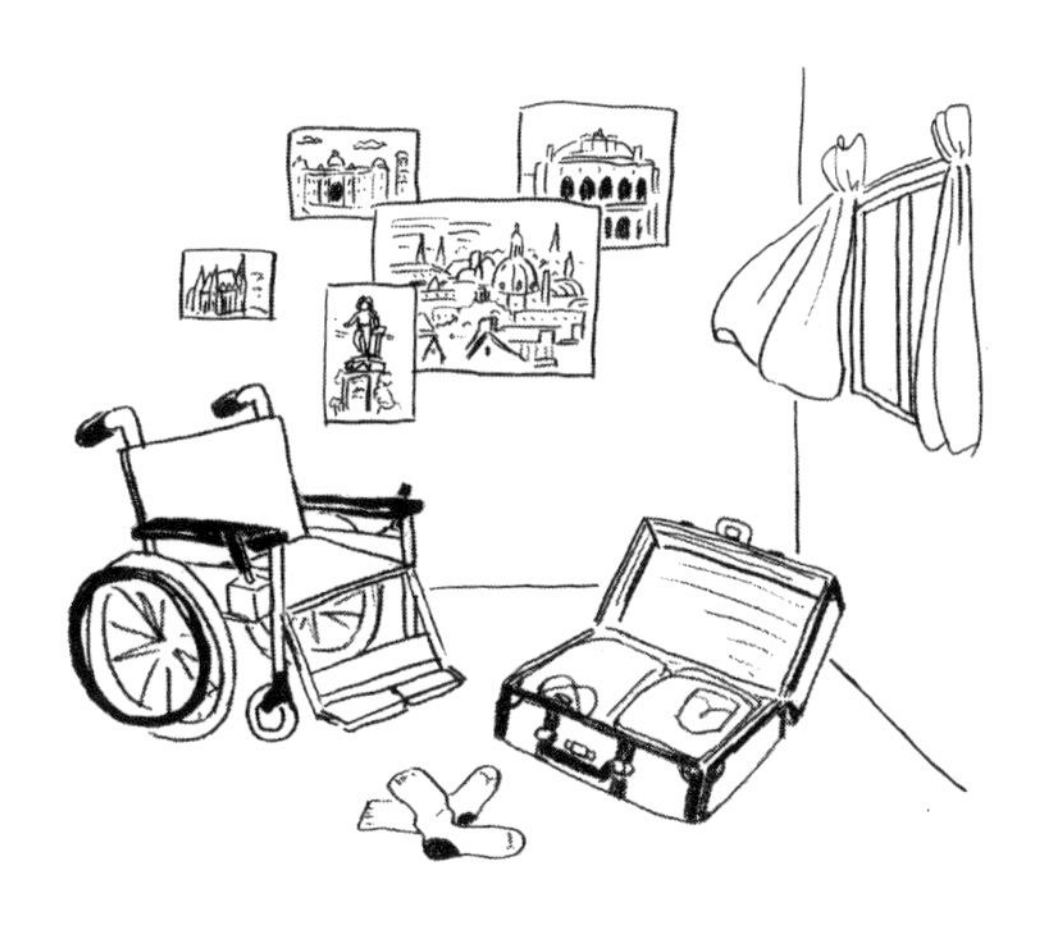

貯金とリハビリによる「基礎づくり」に取りかかってから一年が過ぎた。貯金はまだまだつづけていく必要があが、そろそろ計画を次の段階へ進めなければならない。第二段階「旅行準備と練習」だ。航空券やホテルの予約、スーツケースの準備を行う。旅先で困らないために実践的なリハビリもしなくちゃいけない。

さあ、忙しくなってきたぞ！

飛行機を手配する

― 直行便か経由便か

二〇一五年十二月二十六日。私はエイチ・アイ・エスのバリアフリーデスク（現在はユニバーサルツーリズムデスクと改称）に電話をかけた。

「車椅子を連れてウィーンへ行きたいので、飛行機とホテルの手配をお願いします」

電話口に出たのは私たちの旅の担当となるTさんだった。

「はい、承ります」

Tさんは添乗経験も豊富な人だった。打てば響くようなキビキビとした返事がくる。

機敏な対応は頼もしく感じられた。

私は三十分ほどかけてTさんに説明をした。私と母と亜子おばさんの三人でウィーンへ行きたいこと、母の体の状態、車椅子や飲み薬のことなど。

話しながら、細かいことは本当に何一つ考えていなかったことに気がついた。たとえば、航空会社をどこにするか、ということさえ決めていなかった。

「まだ時間はあるので考えて決めてください」

と言われた。

私たちの住んでいる関西からオーストリアの首都ウィーンへの直行便は出ていない。

そのため、代表的なルートは次の二通りだった。
1、関西空港発、フィンランド経由便
2、成田発、ウィーン直行便
私は最初、フィンランド経由で行くつもりだった。乗り換えの際に休憩を入れることができる。ヘルシンキで一泊すれば体の負担も減るだろう。それになんといっても値段が安い。北欧の会社なのでハンディキャップへの対応にも慣れているはずという期待もあった。

これに対し、エイチ・アイ・エスのTさんのオススメはウィーン直行便だった。飛行時間は十二時間と長いうえに関西人の私たちはわざわざ成田まで出向く必要がある。それでもTさんは

「外国で乗り換えをするよりはずっと楽です」

と言うのだ。航空券が安くても乗り継ぎで一泊すればその分お金がかかってしまう。海外での乗り継ぎは体力的にも精神的にも大変な負担になる。どうせなら現地に着いてからゆっくりしたほうが時間の無駄が少なくてすみ、より楽しめるだろう、ということだった。

そのとおりだと納得したので、直行便を使うことにした。

2 エコノミーかビジネスか

かつてウィーン旅行がただの夢だった頃。私と母はこんなふうに話していた。

「一生に一度の旅なんだから豪勢にいかなくっちゃね」

「飛行機はやっぱりビジネスクラスよね」

やっぱりそんなのは夢でしかなかった。甘くてふわふわして美しい夢。夢みるだけなら夕ダだけど、現実にはお金がかかるのだ。現実は甘くない。フトコロ事情も甘くない。ビジネスクラスの相場なんて知らない私に友達が真顔で忠告してくれた。

「あのね、ビジネスクラスってそう簡単に乗れるもんじゃないのよ」

インターネットで調べてみると最低でも一人四十万円、ハイシーズンだと六十万か七十万はかかるということだった。ふたりでなんと百四十万円！吐き気をもよおす金額である。旅行資金が百万円、いや、百万貯まるかどうかもわからない私たちにはとんでもない予算オーバーだ。

私は母に頼んだ。

「ビジネスは無理だから、頑張って体力つけてエコノミーに乗れるようになって」

母はその日の状態により
「よし、エコノミーで頑張ろう！」

と張り切ったり

「ビジネスに乗れないの？豪華なお食事を期待していたのに」

と文句を言ったりした。

周囲からは反対の声があがった。当然のようにビジネスクラスで行くものと思っていた人もいたし、自らの経験からビジネス利用を薦めてくれた人もいた。

「あなたにはわからないかもしれないけどね、歳をとるとエコノミーってすっごく疲れるものなのよ。お母さんのためになんとかビジネスに乗せてあげて」

母はなにしろ身障者手帳一級の要介護五だ。エコノミーに乗せるなんて無理に決まっているといわれた。

「エコノミーじゃ無理ですよ。ビジネスに乗せたほうがいい」

「褥瘡（じょくそう）やエコノミー症候群の危険もある」

ああ、そんなことは知っている。きっとあなたたちよりも知っている。優子はエコノミーでエジプトへ行き、褥瘡になっちゃったのだから。何年も治らない褥瘡がどんなに恐ろしいことか。

それでも、無い袖は振れない。介護無職の身分でまさか借金をするわけにはいかないから、祖父の遺品を売り私のカメラを売り、母のピアノを売ろうと査定に出したら

「いまどきこんな古いピアノは買いとれません」と断られた。腱鞘炎になりながら内職をして爪に火を灯しながら飛行機代を貯めているときに
「それくらい何とかならないの？」

とくり返し責められたら、だんだん悲しくなってきた。エコノミーで我慢するか、ウィーン旅行をあきらめるか、二つに一つしか道はない。

「ごめんね、おかあさん。私お金持ってなくて」

みじめな気持ちで謝ると、母は私にこう言った。

「大丈夫、なんとかなるって。おかーさんはもう元気になったんだし、頑張るから！」

のうてんきでお気楽で、天然ボケで猪突猛進でスーパーポジティブな母は、そう言って励ましてくれた。

悩んでいたちょうどその頃、遊びに来ていた百合子の娘がアイドルグループの大ファンになり、わが家には毎日のうてんきな曲が流れていた。

「前向き、前向き、前向きでいこう♪」

母が子供たちと一緒に楽しく歌っているのを見て、私たちにぴったりだと思った。

私は意を決して、エイチ・アイ・エスのTさんに手配をお願いした。

「成田発のウィーン直行便、エコノミーを二枚取ってください（亜子おばさんは別会計）」

どうにもならないことをグダグダ悩みつづけるのはまったくの無駄だ。前向きに、のうてんきに、進んでいくのみだ。

「直行便のエコノミーでいいんですね?」

確認するTさんに私は
「はい」

と答えた。

希望どおりの便が取れたと連絡があったのは、一月五日のことだった。

3 飛行機の座席選び

ビジネスクラスが無理なら、せめてエコノミーの中で一番楽な座席に座らせてあげたい。

これはちょっとした問題だった。飛行機の座席というものは固定されているし肘掛けがあるから、車椅子からの移乗がとても難しい。旅行会社にフライトを頼むとき、私はいくつか条件を出した。

○通路側
○肘掛けが上がる席
○一番前の足元が広い席

航空会社からは
「配慮はするけれど機材によって違うので絶対とは言えない」

という答えが返ってきた。

「絶対とは言えない」。この言葉が引っ掛かった。絶対じゃないのだ。運が悪ければ肘掛けの上がらない席になるかもしれない。そうなると移乗が難しく、トイレに行く苦労が倍増する。ただでさえ機内のトイレは使いにくいのに。

うーん、と思っているときにネットで知り合った方々から助言をいただいた。

「自分で座席指定ができるはず」

「一番前の足元の広い席を抑えておいたほうが、疲労軽減になりますよ」

そこでエイチ・アイ・エスの担当Tさんに駄々をこねてみた。座席指定がしたいと。

そうすると、

「旅行会社を通した運賃ではなく一般のPEXチケットを買いなおしましょう。手間はかかりますが座席指定もできますから」

と言われた。なんだか申しわけない。


一般のチケットということは、座席指定は自分でやらなくちゃいけない。航空会社のコールセンターに電話をして
「エクストラレッグルーム(足元の広い席)を指定したいです。ちなみに車椅子ユーザーです」

と伝える。

電話口に出たのは荒川静香を素っ気なくしたような声のお姉さんだった。

「車椅子ですね。指定できるお席が限られている場合もありますので調べます。お待

ちください」

保留音に切り替わった。ループする『美しき青きドナウ』を何十回と聞きながら私は待った。コーヒーを淹れてチョコパンを食べながら待った。待って待って待ちつづけ、ようやく電話口に出た荒川静香似の声は

「二十八列のDとEを往復とも指定しましたがよろしかったですか」

こっちの返事もきかず「すでに座席を指定した」という。おいおい、座席表を見るかぎりそこはエクストラレッグルームじゃないよね？

「有料のエクストラレッグルームではありませんが、目の前に座席はなく、足元の広いお席となっております」

これにて失礼、と一方的に電話を切られそうな勢いだった。愛想がないにもほどがある。たぶん回答に時間がかかったのも、いきなり向こうから席番を指定されたのも、車椅子というところが引っかかったのだと思う。

有料のエクストラレッグルームというのはかなりゆったりとした席で、非常口に近い場合がある。また、目の前に何もないから、いざ乱気流になった場合、前方に吹っ飛ばされかねない。そのためこの席に座るのは「十五才以上に限る」という規定があるくら

いだ。身障者に関しては規定はないが、母のように足を踏ん張れない人にとっては危険なのかもしれない。

私が青きドナウの保留音を聞きながらチョコパンを食べているあいだ、きっと荒川静香似は上司とこんな会話を交わしていたのだろうと想像する。

「車椅子の方がエクストラレッグを希望されていますが、どうします?」

「ちょっと微妙だな」

「いざというとき危ないですよね」

「でも断ると角が立つしな。差別だとか言われると困るし。間をとって『エクストラレッグじゃないけどちょっと足元の広い座席』にしておくか」

「無料ですし文句は言わないでしょう」

(注・すべて想像です!)

結局、私たちに用意されたのは、一番前だけど目の前に壁がある席だった。ギャレー(台所)の後ろの席だ。普通の席よりは広いが、めちゃくちゃ広いってほどでもない。まあ無難かもしれないと思った。

ホテル選びと情報収集

Ⅰ　情報収集

海外旅行に必要なものは、パスポートとお金、飛行機のチケットだが、他にも大事なものがある。それは「情報」だ。気楽なひとり旅ならともかくも、要介護五の車椅子を連れていくのだから現地のことをなるべく知っておきたかった。

そこでインターネットを使ってウィーンの情報収集を始めた。検索をかけ、観光局や旅行情報のサイト、旅ブログなどをまわる。ネットの海に溺れているとこの世のすべての情報がオンラインで公開されているような錯覚を起こすけれど、バリアフリーの情報は思ったより少なかった。車椅子でウィーンを旅した人のブログを読んでも私の知りたいような細かな情報まではなかなか無いものだ。たとえばトイレの手すりのこととか。

行き詰まった私は、自分のブログ『在宅介護しながらウィーンへ行くブログ』で大々的に募集をかけた。

「求む、ウィーンの情報！」

そうしたらすごいことが起こった。ブログの読者さんがウィーン在住の方に連絡をつけてくださったのだ！

「車椅子でウィーンに行きたい人がいるから情報を教えてあげてくれませんか？」と。

それに応じてくださったのが、ひょろさんだ。関西出身の若いママさんで、今現在ウィーンに住み、ベビーカーを押して毎日ウィーンの街を闊歩しているという。ネットの情報にはタイムラグがあるが、ひょろさんが教えてくださるのはリアルタイムのウィーン、生のウィーン情報だ。どこで何が買えるか、地下鉄やトラムのバリアフリーがどのようになっているか、観光地の段差はどうかなども

「調べますよ！」

とおっしゃってくださった。

ひょろさんは更に、毎年ウィーンを訪れるというご夫婦を紹介してくださった。

奥さんのＳｉｓｉｙさんは元車椅子ユーザーで、母の視点に近い。石畳の道は車椅子の振動がつらいこと、ウィーン市民が車椅子ユーザーに優しいことなどを教えていただいた。ご主人の楠さんは介護者の目線から私が知っておくべきことを詳細に教えてくださった。飛行機の乗り降りや空港のこと、車椅子のシーティング、ホテルの選び方についてのアドバイス。

お三方とも本当に親切な方々で、私たちの旅のアドバイザーになっていただき、メールのやりとりは半年間で数十通にも及んだ。

現地の情報をもらえる。車椅子ユーザーの視点からの情報がもらえる。

それがどんなにありがたいことだったか、どんなに安心できることだったか！

観光案内の本やサイトはたくさんあるけれども、私が真に求めている情報、細かいけれど大切な情報というものはどこにも載っていないし、旅行会社の人だって知らないことが多い。

「ウィーンの地下鉄は車椅子で乗ることができる」

と書いてあっても、本当かどうかいまひとつ不安が残る。けれど実際に車椅子で乗ったことのある方から
「大丈夫ですよ、先頭車両と最後尾にスロープがあります」

と保証されるとものすごく安心できるのだ。例えるなら、今までは静止画で見ていたウィーンという街が高画質の動画になったくらいの差があった。初めてメールでやりとりをさせていただいたときは感動して鳥肌がたったたくらいだ。

すべてネットを通じてのやりとりだから、ブログの読者さんを含め全員お顔も知らな

い方々だ。一面識もない私にここまでしていただけるなんてと、人の親切が本当に身に染みた。

2　ホテル選び

頼りになる三名のアドバイザーさんに最もご協力いただいたのがホテル選びだ。一生に一度の旅なのだから安っぽいホテルでは寂しいし、車椅子を連れていくのだから豪華であれば何でもいいというわけでもない。バリアフリー設備が必要になる。ガイドブックを開けば高級ホテルの名前がずらりと並んでいるけれど、そういう特殊な部屋があるかどうかなんてさっぱり書いていない。

エイチ・アイ・エスの担当Tさんによれば

「ヨーロッパのホテルは由緒があり歴史の長い建物を使用していることが多いんですが、古い建物というのは通路が狭かったり段差があったり、どうしてもバリアフリー対応がしにくい部分があります。それに比べてアメリカ系の新しいホテルは車椅子でも動きやすいところが多いです」

ということだった。これには楠さんとSｉｓｉｙさんも

「バリアフリーに関しては新しいタイプのホテルがいい」

と同意見だった。

また、楠さんは
「ホテルの立地は絶対に妥協してはいけません。公共のトイレは使い勝手がわかりませんし、休憩もかねてこまめにホテルに帰ることのできるホテル、交通至便でなるべく観光地から歩いて帰ることができる距離がおすすめです」

とアドバイスしてくださった。

これらの意見を総合し、

○アメリカ系の新しい建物であること
○バリアフリールームがあること
○徒歩で観光ができる場所にあること

この条件を満たしたホテルを探してもらうことになった。

エイチ・アイ・エスのTさんはすぐに条件に合うホテルを絞りこんでくれた。Iホテルだ。アメリカ系のホテルチェーンでバリアフリールームがあり、観光至便ですぐそばに地下鉄の駅もある。

「完璧だ！」

ここにしようと思った。

ところがだ。数日のうちに楠さんから連絡が入った。

「大変なことがわかりました。地下鉄の工事が始まり、Ｉホテル近くの駅は封鎖されて使えなくなります」

首都のど真ん中の駅を封鎖するなんて日本ではあまり考えられないことだったが、楠さんが教えてくれたウィーン地下鉄の公式サイトには確かにこう書かれていた。

「工事のため、シュタットパーク駅の入り口を一部封鎖します。エレベーターご使用の方は他の駅をご利用ください」

最寄り駅が使えないのはあまりにも不便だ。別のホテルを探すことに決めた。

やりなおしのホテル選びは旅行会社にまかせず自分で探した。ウィーンはバリアフ

リーにとても力を入れていて、

「観光局がバリアフリーの情報サイトを作っていますよ」

と、ひょろさんが教えてくださった。情報サイトにはカフェの入り口の幅や店内の段差、車椅子用トイレマップ、それからバリアフリー対応のホテル一覧、便器の高さや手すりの有無まで載っていた。すばらしい情報の山！私はそのホテル一覧からベストと思われるホテルを選び、エイチ・アイ・エスに予約をお願いした。

「Ｐホテルでお願いします！」

しかし驚いたことに、返事は
「すみません、もう部屋が埋まっていてダメでした」

というものだった。

この時点で二月四日。旅行までまだあと四ヵ月もあるのにバリアフリールームはすでに満室！これがハイシーズンの呪いというものなのだろう。夏のヨーロッパは混雑するのだ。

「京都でバリアフリールームのあるホテルを探したとき、七ヵ月前に予約したけど、それでも『けして早すぎることはない』って言われたよ」

とは、これまたネットで知り合った車椅子旅行の先輩の言葉。バリアフリールームは数が限られている。大きなホテルでもせいぜい一室か二室しかない。予約は早ければ早いほどいいということだ。

困ったことになった、と私は焦りを感じた。四ヵ月前では遅すぎたのか。もっと早く動くべきだった。もっと早くに予約をするべきだった。ウィーン中すべてのバリアフリールームが満室だったらどうしよう。ウィーンに行ったはいいものの、泊まるところがなかったらどうしよう。観光地から離れたホテルしかとれなかったり、一般ルームしかとれなくて、出入りのたびに段差に阻まれることになったらどうしよう。きっと大変だ。すっごく大変だ。どうしよう。どうしよう！

悪い想像がどんどんふくらんで、ちょっとしたパニック状態に陥った。私は檻の中のクマみたいにうろうろと歩きまわった。座ってゆっくり考えることなんてできないくらい焦っていた。どうしよう、どうしよう、どうしよう。

「どうしようなんて思ってる場合じゃないやん！」

焦ったり思い悩んでいる暇などない。そんな場合じゃない。

思い悩む暇があったら、次の手を考えよう。それがダメなら次の次の手を。それでもダメなら、次の次の次の手を！

我に返った私はバリアフリー情報サイトを一から調べなおし、バリアフリールームのあるホテルを三軒、新たに探し出すとエイチ・アイ・エスに電話をした。

「もし連泊が無理なら途中で宿替えしてもいいので、とにかく予約をとってくださ い！」

「大至急やります！」

大至急、という言葉は嬉しかった。とはいえ担当のTさんが直接ホテルに電話してくれるわけではない。日本にいるTさんから現地の担当者を介して予約してもらう。日本とウィーンの間には七、八時間の時差もあり、なかなか返事はこなかった。

電話をした翌日はさすがにまだ無理だろうと思った。それでも二日目はちょっと期待し始めていた。三日目はそろそろ返事が来る頃だろうと思った。が、ちょうど週末にあたることに気がついて、もうちょっと待つことにした。ホテルはとれたのか。とれないのか。四日目、五日目、六日目。待っても待っても返事はこなかった。もしかして忘れられてるんじゃないか？ じりじりと焦れながら待っているあいだ、生きた心地がしなかった。そんな自分をなんて臆病なのだろうと思った。

とうとう一週間が経った。待ちきれなくてエイチ・アイ・エスに電話をかけた。ホテルの予約はどうなりました？

「すみません！　さきほど現地からの回答が届きまして」

「あ、来たんですか。どうなりました？」

平静を装いながらもTさんの言葉を待つ一瞬が長かった。

「……とれました」

Tさんは言った。

「三軒のうちの第一希望ですね、ヒルトン・ウィーンが六連泊でとれました」

よかった。本当によかった。安堵のあまりその場にしゃがみこんでしまった。私たちは、これで本当にウィーンへ行けるんだ！

観光の手配

飛行機とホテルは無事にとれた。次は観光の手配をしよう。施設によっては、スペースの問題から「車椅子は予約が必要」と決められている場合がある。

どこを観に行くか、ふたりでワクワクしながら考えた。ぼろぼろになるまでウィーンのガイドブックを読みつくした母が
「これだけは絶対に行きたい！」

と決めたのは、楽友協会ホールのコンサートだ。ウィーンには由緒あるホールがたくさんあるが、楽友協会だけは譲れないと母は言った。世界的に有名なウィーンフィルハーモニー管弦楽団の本拠地であり、豪華絢爛(けんらん)なニューイヤーコンサートが開かれる「楽友協会ホール」は、クラシック音楽に関わる者にとってまさに聖地なのだ。

「あのホールは一番の憧れなの。あそこに行くことに価値があるの」

ウィーンフィルは無理だが、観光客むけのコンサートなら毎晩のように開かれている。それでいいから聴きにいきたいと母はいう。

調べてみると、楽友協会のチケットはオンラインショップで簡単に買うことができるとわかった。けれどもそれは健常者の場合、つまり普通席の場合だ。車椅子席を買おうとすると
『メールでご予約ください』

と表示が出てきた。ウィーンのチケットを買うのにまさか日本語のメールを送るわけにはいかない。ドイツ語かせいぜい英語だろう。英語の苦手な私にとって頭の痛い話だった。間違いだらけの英文メールで誤解をうんでは大変だ。英語が堪能な義弟に手伝ってもらうことにした。

「うん、おねーさん、手伝うよ！」

義弟は二つ返事でメールを書いてくれた。やがてウィーンから返事がきた。

『車椅子席と介助席、隣り合わせでちゃんと予約できていますから、安心してくださいね。お待ちしています』

メールにはオンラインチケットが添付されていた。思わずその場でバンザイを叫んだ。

コンサートの他にも、観光馬車とドナウ川クルーズをインターネットで予約した。とくに母はドナウ川クルーズに乗り気だった。

「『美しき青きドナウ』を船でゆくなんて素敵！」

船のルートはいろいろあって、一時間半ほどで隣国スロバキアまで下ることもできるけど、時間の短い運河クルーズのほうが体力的な負担は少ないだろう。私はそちらを薦

めたのだが、母はもう
「船で国境を越えるの？ すごーい！」

と目をキラキラ輝かせてしまった。

「わたしね、歩いて国境を越えたことないのよ。飛行機なしで違う国に行けるっておもしろそう！」

国境といっても同じEUの中だから、スタンプも押してくれないし、何も特別なことはないよ？

「それでも行ってみたいの！」

母が行くと言ったら行くのである。半日旅行なら行けないこともないだろうと座席を予約した。

標準型車椅子に乗る練習

飛行機はとれた。ホテルも押さえた。観光だって予約した。でも、旅の準備がこれで終わったわけじゃない。次にやることは「旅行の練習」だ。

車椅子を押して歩いてみれば、たとえ近所のスーパーでも不便なことがある。海外に行けばたくさんたくさん困ったことが起こるに違いない。今、私たちの前には数多くの問題、クリアするべき課題が並んでいる。それは越えられない段差だったり、石畳だったり、使いにくいトイレだったり、交通機関だったりする。

でも工夫を重ね、練習をすれば、乗り越えられるはずだ（ある程度は）。

例えるならそれは梯子をのぼるようなもの。今はフライトとホテルという二本の支柱を立てたところ。この先は、踏み段を渡して一段ずつのぼっていくのだ。一段、一段。着実にのぼっていこう。課題をクリアしていこう。ウィーンに向かって。

クリアすべき課題の中で、まず最初に取り組んだ課題は「車椅子」だ。

車椅子にもいろんな種類がある。電動車椅子や、自分で操作できる自走式、介助式、傾きを変えられるティルト式など。上半身が不安定な母は、退院当初からずっとリクライニング車椅子を使ってきた。とても座り心地がよくて疲れない車椅子だ。

けれどリクライニング車椅子には大きな欠点がある。一つは、大きくて重たいこと。母が使っているものは重さが二十四キロあり、折りたたむこともできないので、お世辞にも旅行向きとはいえない。

もう一つの欠点は、段差に弱いこと。転倒防止用の小さなキャスターがついていて、それが邪魔でたった一段でも越えることができない。これは本当に不便なことだった。家や施設内で過ごすには快適だが、一歩でも外へ出るとわずか数センチの段差や木の根などに阻まれてしまう。健常者にとっては段差があるなんて気づきもしない程度のところで「のぼれない」「進めない」なんてことになってしまうのだ。

こんな車椅子でウィーンの石畳を行くことなんて不可能だ。なんとか標準型の車椅子に乗れるようにならなければと考えた。標準型、つまり病院に置いてある最も一般的な形の車椅子は、背もたれが急角度だし座り心地もあまりよくない。けれどとにかく使いやすい。軽いし折りたためるし、車のトランクに入れられる。段差だって二十センチくらいなら一気に越えることができる。

「標準型に乗れるようになろう」

という課題はかなり最初のほうから頭にあって、実は航空券の手配をするよりもずっと早い段階から練習を始めていた。身体のことなので理学療法士さんと相談しながら、標準型の軽い車椅子をレンタルした。重さはたった九キロ、軽々と持ち上げることができる。問題は、使いこなせるかどうかだ。

前述のとおり母は上半身にうまく力が入れられず、ぐらぐらと不安定だ。麻痺のある左側に体が沈み、倒れていってしまう傾向にある。低い肘掛けだけで体を支えきれるかどうか不安があった。ところが乗ってみると「案外いけそう」だと思った。思ったよりは安定している。少々傾きはあるものの、車椅子から落ちそう、というほどでもない。

時間をかけて少しずつ新しい車椅子に体を慣らすことにした。まずは休日に三十分から試そう。それから夕食時の一時間。本を読みながらの二時間。買い物と外食に行くとき乗って三時間。デイサービスにもこの車椅子でいってみよう。少しずつ少しずつ、標準型に乗る時間を増やしていった。

「ウィーンに行ったらずっとこの車椅子に乗るんだから」

と言って。

海外のトイレを使う練習

母は外出先では車椅子マークのあるトイレを利用する。広くて手すりがあるトイレだ。

右手一本で手すりにぶら下がるようにして立ち、そのあいだに私が下着の上げ下ろしをする。

が、慣れないトイレを使うのはなかなか難しいもの。トイレによってはすごく狭かったり、介助が難しかったりするし、手すりの位置や形もまちまちだ。母は縦型の手すりにぶら下がるようにして立つため、せっかく障害者用トイレを見つけても手すりの形状によっては「ここのトイレは使えない」とあきらめてしまうことも多かった。

日本でさえそうなのだから、外国のトイレはなおさら使えないだろう。

「ここのトイレは使えない」なんて甘いことを言っていたら旅行のあいだじゅうトイレが使えないことになる。だから

「どんなトイレでも使えるようになろう!」

と決めた。

手すりの形が違っても、いや手すりがなくてもトイレを使えるようになろう。狭いトイレでも使えるようになろう。私ひとりの介助でどこにでも行けるようになろう。そうでなくては海外旅行なんてできるわけがない。

そう考えて、まずはリハビリの先生に指導してもらって横型の手すりをマスターした。

次には家の廊下に高さの違う手すりを設置、手すりがどこにあっても使えるように練習をした。

最後に残されたのが「手すりのないトイレを使う」ことだった。これは大きな壁だった。手すりの代わりに私の肩にすがってヨロヨロと立ち上がることはできる。重力が手伝ってくれるので、辛うじてズボンを下ろすこともできる。だが、それが精一杯。ズボンをはかせるためにはどうしても屈む必要があり、そうとするとバランスを崩してふたりとも倒れてしまうので危険だった。

何度チャレンジしてもうまくいかない。やり方を変えても道具を使ってもうまくういかない。行き詰まっているときに
「大丈夫。絶対に方法はあるはずです」

励ましてくれたのは、優子の友人で、重い障害のある女の子だった。彼女は手も足も不自由だが大抵のトイレは使いこなすという。

「私は最悪の場合、壁に頭をつけて立ちます。頭でバランスをとるんです。トイレの壁って汚いなあと思うときもあるけど、そんなこと言ってられません。いろいろ試してやっとこの方法にたどり着いたんですよ」

若い女の子がトイレの壁に頭をくっつけて頑張っているのだから負けていられない。方法はある。きっと見つかる。そう信じて複数の理学療法士さんに相談したり、インターネットで調べたり、さまざまな工夫をつづけた。

私たちはウィーンをめざし励んでいるあいだも「おでかけは最高のリハビリ」という合言葉を忘れてはいなかった。ほぼ毎日小さなおでかけをつづけていた。

行き先はお金のかからない図書館や公園、無料のコンサート、日々の買い物をするスーパーがほとんどだったが、ごくたまには遠出をすることもあった。

「人混みと長距離移動に慣れるため」

という名目だったが、要は息抜きがしたかった。費用はウィーン貯金ではなくそれぞれの財布から出した。

そんなおでかけの一つとして、母とふたりだけで大阪にあるUSJ（ユニバーサル・スタジオ・ジャパン）へ遊びに行った。母が入院中からずっと行きたがっていたのだ。ハリー・ポッターの大ファンである母は人混みにも騒音にも負けず大いに楽しんだ。

だが、ホグワーツ城のトイレでは困ったことになってしまった。洗面台が大きく出っ張っていて、縦手すりが使いにくい上に介助もままならない。なんとか用を済ませたものの、母は便座から立ち上がれなくなってしまった。

自力では立てない、となると私ひとりで担ぎ上げるしかない。当時、母の体重は五十二キロ。私よりも重かった。さあ、どうするか？ 私は考えた。

「助けを呼ぶか？」

だが騒々しい遊園地のトイレでは少々声を出したって誰も気づいてくれないだろう。それに、これしきのことで挫けていてはウィーンなんかに行けるわけがない。ウィーンへ行ったらもっと手強いトイレがあるだろうから。

そこで思い出したのが、インターネットで見た『自力で立てない人の介助法』だった。私は躊躇なくトイレの床にひざをついた。母の正面にひざまずき、脇の下から腕をまわして母を支える。

「力を抜いて、私にもたれかかって」

母は少し怖がっていたが

「大丈夫、絶対に落とさないから！」

約束すると、覚悟を決めたように上半身を預けてきた。

それは介助者を支点にしたテコの原理だった。

母が私にもたれかかり、だらりと頭下げる。すると私の肩を支点に、シーソーの要領で母のお尻が便座から浮き上がった。母は必死で私の背中にしがみついてくる。私は母がずり落ちてしまわないよう左手でバランスをとりながら、右手でパンツとズボンをはかせた。何度も何度も体勢を整え、なんとかかんとか車椅子に移乗することに成功した。

「よし！」

「やったね！」

私と母は汗みずくになりながらも手をとりあって喜んだ。

「これでどんなトイレでも大丈夫だね！」

最後の難関、『手すりを使わずにトイレ』ができたのだ。私たちは自信満々だった。もう手すりがあろうがなかろうが、この『シーソー方法』を使えばどんなトイレでも怖いものナシだと思っていた。

しばらく経ったある日。母と亜子おばさんと三人で出かけたショッピングセンターでトイレを借りたら、縦手すりがなかった。横手すりは低すぎて、つかんで立つことができない。

でも今度は慌てたりしなかった。手すりが使えなくても大丈夫！　私たち『シーソー方法』をマスターしたもんね！

私は再び片ひざをつき、

「さあ、おかあさん、私にもたれかかって」

と言った。母も二度目だから怖がらずに体を預けてくれた。私は母を肩の上に担ぎ上げ、両手でパンツを上げようとしたが……。

ヌルッ。

手に何か触った。

「えっ？　あっ。うんちだ！」

おかあさん、便出てた！

「しまったー！」

一旦、母を便座に座らせ、便の始末をする。汚れてしまったパンツとズボンも穿き替える。運の悪いことに洗浄機能のないトイレだった。座った姿勢のまま軟便に汚れた母を拭くことは不可能だった。そこでまた母を担ぎ上げてお尻を拭かなくてはいけない。手が届かなくて苦戦した。冬だというのに汗が滝のように流れでて目に染みる。テコの原理といっても支点となる私の肩はそんなに頑丈ではない。ちょっと動いた拍子にバランスが崩れ、母の全体重が私にのしかかってきた。このままでは母に押しつぶされ、親子そろってトイレの床に倒れこんでしまう。ダメだ、もうダメだ。

「おばさーん！　助けてー！」

声を聞きつけ、ドアの向こうで待機していた亜子おばさんが駆けつけてくれた。そしてふたりがかりでなんとか母を拭き清めて車椅子に座らせた。トイレを出る頃には全力疾走したかのように息が切れていた。

「ダメやった……」

完全にマスターしたと思ったのに。どんなトイレでも使えると思ったのに。ぜんぜんダメじゃないか。私はがっかりしてしまった。日本のショッピングセンターのトイレすら使えないで、ウィーンのトイレが使えるだろうか？

「大丈夫、私が手伝うから、いつでも呼んで」

亜子おばさんが笑って言ってくれたのが、唯一の救いだった。

普通の車に乗る練習

トイレの他にもう一つ、旅行のために特別な練習をした。普通車に乗る練習だ。座席の降りてくるリフトや車いす用スロープがついていない、一般の車。空港からホテルへ、ホテルから空港へ、そして観光地への往復。旅先ではどうしてもタクシーのお世話になる。ウィーンにも介護タクシーもあるはずだが、いちいち予約をするのは大変だ。いざという時に間に合わない。ホテルの前に待機しているタクシーを使えたら便利だろう。問題は、母が普通のタクシーに乗れるかどうか、だった。

日本では馴染みの介護タクシーを利用しているし、自家用車も車椅子ごと乗りこめる福祉車両。母は病気をしてから一度も「普通の車」に乗ったことがない。だからてっきり乗れないと思いこんでいたが、練習すればいけるかもしれない。

タクシーというと大抵は座面の低いセダンだが、うちにはワゴンと軽自動車しかないので練習ができない。そこでお隣さんの車を借りて試してみた。

車椅子をぎりぎりまで車体に寄せて。私の肩を持って立ち上がらせ、いちにのさん、で後部座席に座らせる。

「足が！すべり落ちそう！」

「落ちないから頑張って！前の座席を持って！」

なんとか乗りこむことができたが、かなり大変な作業で、私も母も汗だくになってしまった。そのあといろんな車を使って練習した。友達の車を借りたり、練習のためだけにレンタカーを借りたこともある。父にも手伝ってもらい、三人で何度も練習を重ねた。

当初、私ひとりで介助することはかなり厳しかったが、工夫を重ねて

「ギリギリいける！」

というところまで持っていった。

しんどいけど。きわどいけど。なんとか乗れる。たぶん。

空港からホテルまでの車は、オーストリア専門の旅行会社である「コムツアーズ」に、

「セダン限定で！」とお願いして手配を頼んだ。

エイチ・アイ・エスに頼んでも良かったのだが、コムツアーズは専門性があり小回りがきく。もし現地で何かが起こった場合、頼める相手は多いほうがいいと思ったからだ。

どんなときでも、打つ手は多いほうがいい。

旅行代金を支払う

二〇一六年四月。ついにこの時がきた。旅行会社へお金を払うのだ。

残念ながら、どんなに節約しても内職をしても家中のものを売り払っても、目標としていた百万円には届かなかった。ウィーン貯金の専用口座に入れることができたのは約八十万といったところ。

だがそれでも十分だった。「百万円」はあくまでも目標だったから。目標は高いほうがいい、とキリよく百万円を掲げたが実際にはそんなにも使わないと思われた。実際、旅行会社に支払った額は約五十万円。内訳は次のとおりだ。

○飛行機代　エコノミー二人分　二十四万二千円
○ホテル代　ヒルトン・ウィーン六泊二人分　二十一万一千八百円
○海外旅行保険　二人分　二万一千円
○手数料・税金など　二万五千円

この他、成田に二泊するホテル代やタクシー代、観光費、食費などを加えても八十万あれば間に合うはずだ。

銀行で旅行代金を振りこむ瞬間、居ても立ってもいられないような興奮に包まれた。

「とうとうここまで来た！」

コツコツと小銭を貯め、鬱々と内職をつづけ、やっとここまでたどり着いた。冷ややかな声に戸惑いながら、父の借金に悩みながら、ときには立ち止まりながら、歩いてきた二年間が実を結んだ。

「私たちはウィーンに行くんだ！」

改めてそんなことを思い、ふつふつと湧き上がる嬉しさに、叫び出したいような気持ちだった。

紙オムツが多すぎる！

ハンディキャップのある人が海外旅行をするとどうしても荷物が大量になる。優子を連れていったときもそうだった。何がそんなに多いのかって、オムツである。機内預け荷物の半分が紙オムツ！

多尿で頻尿の母の場合はもっとひどいことになるだろうと予想できた。テープ式オムツや紙パンツ、尿取りパッドにはさまざまな大きさのものがあり、夜用の大型パッドから昼用の薄型パッドまですべて数えると一週間の使用量は軽く百枚を超える。さらに臭いのもれない特殊なビニール袋や着替えのズボンも必要だ。試しにスーツケースに詰めてみると恐ろしいことになった。特大スーツケースが丸一個ぜんぶオムツに占領されてしまったのだ。

もちろん服なども持っていかなくてはならない。今回の旅行はたった三人、しかも車椅子を押して移動するわけだから荷物が増えすぎると持ち運びが難しくなる。ぜんぶをスーツケースに詰めて持っていくことは不可能だ。

そこでいくつかの方法を検討した。

その一　布オムツを使う

布オムツなら洗い替えさえ持っていけばいいから荷物は確実に減るだろう。お肌にもいいから一石二鳥。しかし現実的に考えて、旅行中に大量のオムツを洗濯するのは大変な手間だ。いくら高級ホテルのバリアフリールームといっても部屋に洗濯機までついているわけじゃない。膨大な量のオムツを手洗いなんかしてたら観光する暇がなくなるに決まっている。真っ先に考えた布オムツ案は真っ先にボツになった。

その二 医療的措置をする

母は頻尿だ。ひどいときには十分おきにトイレに通う。泌尿器科に行ったほうがいいかもしれないとかなり前から考えてはいた。

「薬をのんだら効果てきめん」

という噂も聞いた。しかしこれ以上薬を増やすのも気が進まない。

母の頻尿は内臓が原因ではない。トイレに行ったことを忘れたり、トイレに行ったのに用を足すことを忘れたり、行ってないのに行った気になっていたり……高次脳機能障害が原因なのだ。リハビリでコントロールできるようになるんじゃないかと頑張っているところだったし、実際に成果も上がりつつある。そこに薬を飲んだらかえってややこしくなるんじゃないかと恐れた。

「導尿(どうにょう)したら?」

という案も出た。
導尿とは、体内にカテーテル（細い管）を入れて排泄をコントロールする方法だ。尿意はなくなるしトイレに行かなくて済むらしい。通学や旅行のあいだだけ入れておく人もいるということだった。これができれば一番楽だ。絶対に楽だ。そう思った。けれど
「絶対に嫌！」
と母が断固拒否したのでその案もなくなった。

その三　現地で買う

布オムツも泌尿器科に頼るのも無理なら、今までどおりの紙オムツを使うしかない。でも持っていくことは難しい。じゃあ、現地で買うことはできるだろうか？

なんてったってウィーンだ。オーストリアはヨーロッパの先進国だ。むしろ日本より発達しているはずだから介護用オムツくらい町中で普通に買えなければおかしい。

ウィーン在住のひょろさんと知り合ったとき、私が最初に尋ねたのはこの点だった。

「ウィーンで大人用紙オムツって買えますか？」

「ドラッグストアで売ってますよ。店はたくさんあります」

ひょろさんの答えに心底ほっとしたものだ。

ただし、どんなものが売られているかわからない。外国の人と日本人は身体が違うから、現地で買えたとしても使えない、使い方がわからないものだったら困る。ネットで調べてもいまいちピンとこなかった。唯一わかったことは
「海外では紙パンツは使わない」

ということだった。日本の場合、紙パンツ（リハビリパンツとも呼ばれる）の中に尿とりパッドをあてて使用する。けれどヨーロッパでは紙ではなく布パンツが主流だというのだ。そのほうが肌にもいいしゴミが減って環境にも優しい。が、

「布パンツってどうなんだろう……」

首を傾げながらそのことをブログに書いたら、介護ブログ仲間のMさんが
「うちで使っているテーナというパッドはオーストリアでも売っているそうですよ」

と教えてくださった。

テーナ。聞いたこともない名前だった。スウェーデンの介護用品ブランドで、世界的に売られていて、Mさんがわざわざ問い合わせてくださったところによればウィーンのドラッグストアにも卸しているということだった。

私はさっそくテーナのウェブサイトへとび、試供品を申しこんだ。

送られてきた尿パッドは、やはりヨーロッパの製品だけあって「布パンツ」とセットにして使うものだった。布パンツは漏れやすいのではないかと最初は不安だったが、

「肌触りが気持ちいい」

と母も大喜びだし、漏れないことを一番に考えられた高性能な尿とりパッドだということもわかった。

ウィーンの街の店でテーナが売られているということは大きな安心材料になった。なるべくは使い慣れたものを用意していき、万一足りなくなったら現地で買えばいいだろう。

テーナが買えそうなドラッグストアや、介護用品の専門店もインターネットで調べることができた。ウィーンの介護事情が気になるから余裕があれば店をのぞくのもおもしろいかもしれない、と思いながら。

その四　ホテルに送る

ドラッグストアを探すのも時間と労力がかかるから、現地でテーナを買うのは最後の

手段。なるべく使い慣れたものを用意しておくほうがいい。スーツケースに入りきらない分は、ホテルに郵送しておくことを考えた。お金はかかるが背に腹は代えられない。手間と時間をお金で買うのだ。

まずはヒルトンにメールで問い合わせる。(英語の文章は義弟が書いてくれた)。

『六月二十三日にチェックイン予定のタカハタですが、荷物を送ってもいいですか?』

するとすぐに

『もちろんいいよ』

という返事がきた。

送付にはEMS(国際スピード郵便)を使った。追跡サービスがついているからだ。紙オムツ二パックとティッシュペーパー四箱、それに入浴介助で使う百均のサンダルや滑り止めを入れて重さ七キロ。送料は一万三千円ほどだった。

旅行まで一ヵ月をきった五月二十六日、大きなダンボール箱を郵便局に持っていき、英語に苦労しながら送り状を書いた。手続きをすませて、

「では送っておきますね」

と大きな箱が引き取られていったとき、なんともいえない気分になった。オムツをぎっしり詰めたこの箱は、私たちより一足先にウィーンへ行くんだ。次にこの箱に会うのはウィーンのホテルなんだ。無事に着きますように。無事にまた会えますように。そのとき母が元気でいますように。祈るような気持ちで送りだした。そして、ちょっと想像してしまったんだ。私がアフリカやら南米やらに旅に出るとき、両親はいつもこんな気持ちで送り出したんじゃないかって。まあ、紙オムツなんだけど。

EMSの追跡サービスから

「配達が完了しました」

と連絡があったのは、発送してからたった五日後のことだった。

介護エプロンでおしゃれをしよう

ウィーンの四季は日本とそれほど違わないようだから服装には悩まなかった。夜の寒さに備えて母のジャケットを用意するくらいでいいだろう。

ただ、いつもよりはちょっとおしゃれをして行きたい。せっかくの旅行だもん。せっかくのウィーンだもん！

　ということでまずは靴を買った。母は左足にごっつい金属製の装具をつけているから普通の靴を履くことができない。ヒールもブーツもサンダルもパンプスも履けないのだ。唯一履けるのが、介護ショップで売っている専用シューズ（なんと27センチ、7E！）。介護シューズというものは実用的で高齢者向けだから、とにかく愛想がない。それなりにおしゃれなデザインもあるけれど、まだまだ種類が少なくて、母の好みに合うものは見つからない。

「ないなら作ればいい」

　というわけで、私は介護シューズを自分の手でデコレーションすることにした。母の大好きなブランド、ローラ・アシュレイの布地を貼りつけて飾っただけなのだけど、母はとても喜んでくれた。

　亜子おばさんも手芸で工夫をしてくれた。元気だった頃の母は、ふわふわのスカートやワンピースを好んでいたのだけれど、車椅子になってからは介助が難しいという理由でウエストゴムのパンツしかはけなくなってしまった。そこで亜子おばさんは、かつて母が愛用していたスカートをリメイクしてひざ掛けを作ってくれたのだ。

ふわふわで綺麗なひざ掛けだ。これをかけると両足がかくれて
「まるでスカートをはいてるみたい！」
と母は歓声をあげた。

すてきなエプロンとの出会いもあった。食事用のエプロンのことだ。麻痺のある母はどうしても口がうまく動かず唇の端から食べこぼしてしまう。そこでエプロンが必要なのだが、一般的な介護エプロンといえばビニール製だったり、子供っぽい模様が描いてあったり、形がダサかったりと、いかにもな「介護臭」がぷんぷんする。

そんなものをウィーンのカフェで使うのは恥ずかしいなと思っていたところ、インターネットで「ブラウスにしか見えない介護エプロン」と出会った。

笑顔音(えがおん)さんという介護服メーカーのもので、実際に介護をされている方が「お洒落を楽しもう」というコンセプトで作ったもの。そのため、びっくりするほど本当にブラウスだ。どこからどう見てもブラウス、私が着ても違和感ないくらいにブラウス、なのにちゃんと防水がきいた食事用エプロンだというのだから恐れ入る。

「このエプロンならウィーンのカフェでも違和感ないよ！」

私たちはほとんど感動しながら、このエプロンを着てカフェでザッハ・トルテを頰張る日を夢に見た。

不安

たくさんの人たちと幸運に助けられ、すべてが順調……と言いたいところだがそうでもなかった。大きな不安要素は消えないままだった。失禁の問題だ。

テレビで『ハリー・ポッター』が放送された夜のこと。母が大好きな映画なので、始まる直前にトイレを済ませ、夜用の大きなパッドに替えておいた。

「これでゆっくり『ハリー・ポッター』の世界に浸れるね」

ところが番組が終わって様子を見に行くと、ベッドサイドに水たまりができているではないか。水でもこぼしたのだろうか?

「びちょびちょになってるの」

母は申しわけなさそうに言った。

「今気づいたの」

失禁だった。ありえないほどの大洪水。洪水は夜用パッドの横からあふれ出し、リハビリパンツ、パジャマ、シーツを通過した。最下層には防水シートが敷いてあるためマットレスを汚すことはなかったが、防水シートをつたって床に滴り、大きな水たまりを作ったのだ。

なんという尿量！ あまりの事態に私は愕然とした。パッドから横漏れしていたとはいえ、一リットルくらい出たのではないか？

暗澹たる気持ちになった。たった三時間トイレに行かなかっただけで、この量は尋常じゃない。やっぱり泌尿器科に行くべきだった。万が一、飛行機でこれと同じことが起こったらどうなるだろう？ クラシックコンサートの最中に起こったら？ シートは弁償できるのだろうか。

どうやったらこの洪水を防げるだろう。真剣に考えなければならなかった。最善の策は「テーナ」という高性能の尿取りパッドを使うことだった。ちゃんと使えば絶対に横漏れしないという評判だ。が、普段使っているパッドの倍以上という値段のせいで手が出せないでいた。

そんなときだ。再び奇跡が起こった。地域包括支援センターから電話がかかってきたのだ。

「介護が終わって不要になった方から紙オムツの寄付がありました。良かったら使ってください」

喜んで受け取りに行くと、オムツの山の中になんとテーナを発見した！しかも夜用のテーナだ！

「こ、これ、これ、ほんとに、ほんとにもらっていいんですか？」

私は興奮して舞い上がった。子供みたいにぴょんぴょん飛び跳ねた。

「のどから手が出るほど欲しかったんです！」

神様が私たちを助けてくれている。頑張れって応援してくれている。そんなふうに感じた。寄付をくださったのがどんな方でどうしておられるのかは不明だが、やっぱりその方も遠くから私たちの味方をしてくださっているのだと、勝手に思うことにした。

感謝しながら、私は荷作りの終わりかけたスーツケースの中に入るだけのテーナを詰めこんだ。

大きな荷物は空港へ送ろう

物置の奥深くに眠るスーツケースを引っ張り出してきたのは、出発の一ヵ月も前だった。航空会社の規定サイズぎりぎりの巨大スーツケース。それでも間に合うか不安だったので、「どれくらい入るだろう?」と予想される荷物をすべて詰めこみ、パッキングの練習をしてみた。

そのときは「いける!」と思った。

甘かった。

出発の一週間前になって本格的に荷作りを始めてみると、どういうわけか荷物がふくれあがってしまったのだ。スーツケースはおびただしい数のモノで埋め尽くされてフタが閉まらない。そんなに無駄なものは入れていないはずなのだけど……と見直してみた。

○リハビリパンツ一袋(ウィーンでは一般的には売られていない)
○尿取りパッド十枚
○消臭ビニール袋

○食事用エプロン
○携帯ウォシュレット
○滑り止め
○防水シーツ
○エアポンプ二種類（車椅子のタイヤ用とエアクッション用）
○ウェットティッシュ
○折り畳み洗面器
○洗濯用具
○義歯ケースと入れ歯洗浄剤
○箸、ペティナイフ、皿
○着替え（下着・Tシャツ・替えのズボン）
○ジャケット
○パジャマ
○レインポンチョ
○折り畳み傘

○帽子
○ハンドバッグ

なんとまあ盛りだくさん！　私自身のものは手荷物のバックパック一つで済むというのに。介護はなにかとモノが要る。とくにたくさん必要なのが「替えのズボン」だ。私はジーンズを一本持っていくだけだが、母は最低でも五本は必要だ。失敗して濡らしてしまうことを考えるとこれ以上は減らせない。紙オムツ類はホテルに送ってあるけれどちゃんと届いているか心配だったし、現地で買えるといっても到着が夜だからどんなに早くても次の朝までの分は持っていかなくてはならない。

このうえに機内持ちこみの手荷物とか、成田で前泊する荷物も必要だ。まるで引っ越し荷物みたいな量になった。とてもじゃないが重すぎて持ち歩けない。

そこで成田まで宅配便で送ることにした。スーツケースは空港へ。一泊分の着替えが入ったボストンバッグは成田のホテルへ。ぜんぶ送ってしまえば、空港までの道中が楽になるし、出発ギリギリになって「何か入れ忘れたかも」という不安にかられることもない。

私たちは日帰りで遊びに行くのと同じような身軽さで家を出ることに決めた。

奇跡の変化

ウィーン旅行が近づくにつれ、母に変化が起きていた。高次脳機能障害によって失われていた記憶力や理解力が急カーブを描いて回復したのだ。

たとえばテレビでドラマを見ている母に、私はときどき

「これはどんな話？」

と尋ねてみる。母がどれくらい理解しているかを知るためだ。たいていはサスペンスを見ているから

「誰が殺されたの？」

と質問をする。前年の冬までは、

「さあ、よくわかんない」

「誰かは殺されてるんだけど」

としか答えられなかった。わかっていても、言葉で表現することができなかった。と

ころが、旅行が間近に迫った六月上旬には
「義理の父親が殺されて、お母さんが自首したんだけど、実は娘をかばっていて……」
と詳しいストーリーを話してくれるようになったのだ。ドラマがわかるということは、人の顔の見分けもつくようになったし、人間関係なども理解できるようになったということだ。

また、デイサービスから帰るたびに「今日はこんなにおもしろいことがあったよ」と具体的に話してくれるようになった。これも数ヵ月前まではほとんどできなかったことだ。

奇跡が起こっている。近づきつつあるウィーンが、奇跡を起こしているのだ。

ウィーンまでのカウントダウン

母がデイサービスの仲間からこんな言葉を投げられたそうだ。
「ウィーン? そんなところ何しに行くの? たくさんお金もかかるし時間もかかるし、無駄じゃないの」

母はぜんぜん気にしていないらしく、

「まあ普通はそう思うやろうねえ？ 車椅子なのにわざわざそんなに遠くへ、しんどい思いして行くなんて、って」

カラカラと笑った。私も笑った。

考えてみれば、たしかに無駄！ でもそれを言うなら私は生まれてこの方、無駄なことしかやっていない。

人間はただごはんをたべて寝るだけでも生きていけるけど、それだけでは人生を生きているといえるのか、心もとない。せっかく命があるのだから。せっかく生きているのだから。

「楽しいことをやらなくちゃ！ 人生は楽しむためにある！」

とは、母の口癖だ。

「外国に行くだけのお金があったら国内でおいしいものぎょーさん食べれるで」

と言うデイ仲間の言葉には、多少のやっかみも混じっていたのかもしれない。誰もができることじゃない。こんなチャンスは一生に一度。だから全力で楽しもうと思う。脳出血の発症から三年と四か月。母は日に日に回復している。まだまだ昇っていけるのだ。

「お母さんはまだ六十代で若いから」

「ポジティブな性格でいいわね」

だからここまでよくなったのだと、若かったから、幸運にもそういう性格だからだと……よく、そう言われる。「お母さんは特別なのよ」。

そうかもしれない。でも、それだけではない。

「ウィーンへ行くために」頑張ることができたのだ。

「ウィーンに行くからこそ」回復できたのだ。

どんなに若かろうがポジティブだろうが、どこにも出かけず、誰とも会話をせず、何の楽しみもなく、テレビの前でじっとしていたら、こうはならなかっただろう。

かつて母は脳性麻痺のある優子を育てるときによく言っていた。

「大事なのは、刺激を与えること」

外の風にあたることで、知らない人に出会うことで、美しい音楽を聴くことで、新しいことにチャレンジすることで、さまざまな音や光や匂いにさらされることで、脳は活性化する。目に、耳に、鼻に、舌に、皮膚に、そして心に。たくさんの刺激を与えた結果、死にかけだった優子は元気になった。

新たな刺激を受けつづけることがどんなに大切か。どれほど大きな影響を及ぼすか。優子を見てきた私たちはそれを知っていたからあきらめなかった。

身体が不自由になり在宅介護は無理だとさえいわれる状態だった母は、それでも生きる喜びを追いかけつづけ、新しいことに挑戦しつづけ、脳に刺激を与えつづけることによって、ぐんぐんと回復した。

性格や好みは人それぞれだから、刺激を与える方法も人によって異なるだろう。我が家の場合は「おでかけ」が奇跡を起こす。ウィーンへ行きたいという母自身の情熱と、目標に向かって進みつづけることで与えられた刺激が母を回復させたのだ。バイオリニストにとって、これ以上のリハビリがあるだろうか？

ウィーン旅行を目標に、私たちは二年間こつこつと貯金をし、リハビリに励んだ。バリアフリー情報を集め、課題を克服し、細かな手配をしていった。

リハビリは、手すりのないトイレを使いこなすところまでできるようになったし、普通車にもギリギリ乗れるようになった。情報収集は三人のアドバイザーさんのおかげで詳細に調べることができた。

あんなにも遠かったウィーンが、はるかな幻だったウィーンの街が、だんだんと実体をもって姿をあらわし、一歩一歩近づいてくる。『在宅介護しながらウィーンへ行くブログ』に設置したカウントダウンの数字が減っていく。百日前から九十九日前へ。八十日へ。七十、五十、三十日前へ。どんどん少なくなる数字を見るとどきどきした。

二〇一六年五月。残り一ヵ月を切るともう旅行のことで頭がいっぱいだった。旅行は行く前が一番楽しい、というのはこのことだろう。私たちの魂はもう半分ウィーンに飛んでしまっていた。

「あと少し。あと少し。あと少しでウィーンに行ける」

遠足前の小学生の気持ち。はちきれそうな期待と興奮。

それは本当に幸せな時間だった。反面、大きな寂しさにも襲われた。

母が倒れてから三年間、いろいろなことがあった。いろいろなできごとのなかで、私たちはずっとウィーンをめざしてきた。いつもいつも

「ウィーンに行ったら」

と話してきた。それがもうじき終わってしまうのだ。ウィーンは私たちにとって前を向くための灯り、進むべき方向を示すコンパスだった。楽しいことがあればウィーンに

結びつけ、つらいことがあればウィーンに行けば忘れられると思った。母の体が不自由になったことも、妹を施設に入れなければならなくなったことも、私が仕事も旅行もあきらめたことも、ぜんぶウィーンに行ったら帳消しになる。夜中の体位交換も、ぐっちゃぐちゃの排泄処理も、涙も汗も、怒りも悲しみも、この三年間のすべてがウィーンで報われる。だから私たちはウィーンをめざした。

一度、母がこんなことを言っていた。

「たとえ飛行機で褥瘡（じょくそう）になったっていいの、ホテルで寝たきりでもかまわないの、それでも行きたいの。行くことに意味があるの」

私たちは、旅するための旅をしてきた。ウィーンをめざすことそのものが旅だった。この三年間こそが旅だった。それはとても楽しくて充実した旅だった。

その旅が終わってしまう。あと数日で「ウィーンをめざす旅」が終わってしまう。それはとてつもなく寂しいことだった。

旅行が目前に迫った頃、母に、ウィーンで一番楽しみなことは何？と聞いたら

「楽友協会のコンサート」

と答えた。じゃあ、不安なことはある？

「トイレを失敗することかな」

母も私と同じことを恐れていた。すかさず「大丈夫だよ」と言ってあげられたらどんなに良かっただろう。失敗なんかしないよって。でも私は言えなかっった。どんなに注意していても、どんなに努力をしても、どんなにいい製品を使っていても、失敗をするときはするもんだ。

黙っていると母はこうつづけた。

「私は何も心配なんかしていないよ。あんたがいるもんね。何かあっても、あんたがどうにか、してくれるでしょう？」

そう。そうだよ。私がどうにかするよ。してみせるよ。

私に気を遣ったのだろうか、と思いながらも、私はようやくほほ笑むことができた。失敗のない人生がないのと同じように、失敗のない旅もない。きっと失敗はするだろう。けれどなんとかしてみせる。大丈夫。私がいるんだから。アフリカにいってもインドの奥地にいっても大丈夫だった私がついてるから！

「頼もしいね」

母も笑った。

そのあとふたりで買い物に行ったとき、親子連れとすれ違った。若い母親が泣きやまない赤ちゃんをあやしている。

「大変そうだね」と同情する私に、母は

「でも、とっても幸せなのよ。そのときは『大変だ大変だ』と思っているけど、子供はすぐに大きくなってしまうでしょう。期間限定の幸せなのよ」

と微笑んだ。私は「カンの強い子」だったから、母はずいぶん苦労をした。それでもやっぱり幸せだったという。

私も幸せだ、と思った。母の介護ができて幸せだ。母と一緒にウィーンをめざすことができて幸せだ。

介護はいつか終わりがくる。母の車椅子を押して歩ける日には限りがあるのだ。たとえウィーンで手酷い失敗をしても、大変なことがあっても、いつかは懐かしく幸せな思い出となるに違いない。

そして、二〇一六年六月がやってきた。

第四章

介護しながらウィーン旅行記

成田へ

出発の三日前、妹の百合子が子供たちを連れて帰省した。電子レンジも洗濯機も使えない父をひとりで留守番をさせるのは心配だったたから。

「お父さんのことは任せといて。何か食べさせとくから」

と百合子は言ってくれた。

これで後顧の憂いはない。私たちは思い切ってウィーンに飛びこんでいけるというわけだ。

旅立ちの前夜は緊張して眠れなかった。スーツケースはすでに空港へ送ってあるので当日はなんの用意も必要ないのだけれど、なにか忘れていることがありそうで、落とし穴がありそうで、貴重品や旅程を何度も何度も確認した。

さすがに緊張していた。旅行前のドキドキやわくわく、楽しい嬉しい緊張感ではない。不安と恐れが心の中で風船のようにふくらんでいく。それはまるで大学入試か、大事な試合の前夜のような恐れだった。私は自分に言い聞かせた。

「なんとかなる。なんとかなる。絶対、元気に帰ってくる」

けれど私は入試を控えた十八才の若者じゃない。四十才にもなれば、どう頑張ってもどうしようもないことが起こり得ることを身に染みて知っている。

もし、褥瘡（じょくそう）になったら。

もし、脳出血が再発したら。

もし、トイレに失敗したら。

もし、てんかん発作が止まらなくなったら。

もし、もし、もし……。

今までなるべく考えないようにしてきた恐ろしい予想が、この夜は頭いっぱいに広がった。考えて心配して怖がって、ベッドの上でひとりのたうちまわり、いっぱいいっぱいまでふくらんだ不安の風船は午前三時にパチンとはじけた。

「まあ、いいか」

私は考えるのをやめた。それでなんとか眠ることができた。

起きたら朝の六時だった。三時間ほど寝ただろうか。いつもどおりに朝食を食べ、いつもどおりに朝ドラを見て、洗濯を干して掃除機をかけた。これからウィーンへ行こう

としているなんて信じられないくらい普段どおりの朝。ただ一つ違うことは、

「さあ、ウィーンへ行こう」

といって母を起こしたくらいだろうか。

いつもは寝起きの悪い母が私の言葉にうっとりとほほ笑んだ。

「夢をみたよ。アジャリとか今まで飼ってた犬や猫がみーんなそろって、ついてきてくれるって。だから安心なんだって」

動物の守護霊に守られているということだろうか。それなら安心だねと私は答えた。

母も緊張しているのだろう。朝食はあまりすすまなかった。

着替えをし、化粧をし、最後にトイレへ連れていく。

「ウィーンのトイレはきっと使いにくいだろうから、家のトイレが恋しくなるね」

と笑いながら。

そうしてすべての準備は済んでしまった。

二〇一六年六月二十二日午前十一時。

私たちはウィーンをめざして出発した。

といっても、まず向かうのは成田空港だ。私たちが住んでいるのは兵庫県。ウィーン行きの飛行機は成田発なので、国内線で成田へ飛び、翌日のロングフライトに備えて一泊する予定だ。

伊丹空港まで見送りにきてくれた家族とは保安検査場の前で別れた。このときは少しつらかった。母が倒れた頃オロオロして泣きべそをかいていた父が、今また寂しそうに眉を下げて母を見つめている。父を世話するため帰省してくれた妹の百合子は、子どもたちと一緒にほほ笑んでいる。次に会うとき私たちはどういう顔をしているのだろう。目の前には保安検査場が立ちはだかっている。この先は乗客しか入れない。私たちだけで進まなくてはいけない。

「旅立ちはここからだ」

保安検査場なんてただの入り口にすぎないけれど、私にとっては世界を隔てる巨大な門のように見えた。安全な日常と、何が起こるかまったくわからない旅という非日常。このゲートを越えたらもう引き返せない。

正直、心細かった。私はドイツ語どころか英語だってろくに話せない。この先には今まで体験したことのない冒険が待っている。それはどんな旅でも同じだが、母という守らなければならない存在を抱えている分、不安は何倍も大きく、ほとんど恐怖に近いものがあった。頼りない私を煽るように、三才の甥っ子が、おばあちゃん行かないでと大声で泣きだした。

「よし、行こう！」

子供の泣き声に背をむけ、車椅子をずんずんと押して保安検査場へと突入した。

無事に保安検査を通過し、国内線の飛行機に乗りこむ。成田まで一時間二十分のフライト。

私にとっても母にとっても三年ぶりの飛行機だ。とくに母は体が不自由になってから初めての飛行機だから、ちゃんと座れるかどうか不安だった。どんなに頭の中でシミュレーションしていても飛行機の座席というものは一般の椅子とは違うから。成田まで一時間少々の国内線は、翌日のロングフライトのためのよい予行演習になった。

座席はもちろんエコノミー。肘掛けをはずすことができ、車椅子から移乗しやすい席をお願いしていた。そのため座ることには問題がなかった。ただ肘掛けが小さいので、ぶあついクッションを敷くと上半身がかなり不安定になることがわかった。

そんなことを考えているあいだに飛行機が動きだした。だんだんと加速し、体に圧がかかり、とうとう機体が浮かびあがる。窓から見える景色が小さくなっていく。飛ぶんだ。いよいよ飛ぶんだ。三年ぶりの飛行機が飛ぶんだ。

国内線とはいえ感慨深かった。私が最後に飛行機に乗ったのは、母が倒れたという報せを受けてタイからとんぼ返りしたときだった。あのとき私は生死もわからない母を思い、どうなるかわからない不安と絶望を抱え、飛行機は真っ暗な未来に向かって落ちていくように感じた。

あれから三年。今はその母が隣に座っている。飛行機はウィーンという未来に向かって飛んでいる。

このフライトを境に私たちの新しい年月が始まるのだと思った。

地獄の十二時間フライト

六月二十二日。私と母、そして亜子おばさんは成田空港に到着、成田のビジネスホテルで一泊した。

明くる二十三日。いよいよ成田空港からウィーンに向けて飛びたつ日がやってきた。朝、母を起こしてみると、お尻の一部がほんのり赤く染まっている。ビジネスホテルのベッドは家の介護用マットレスよりも硬いため、褥瘡の兆候が出てしまったのだ。

「まずい……」

このフライトで私が一番恐れていることが、褥瘡だ。床ずれとも呼ばれる。高齢者や体の不自由な人が長い時間同じ姿勢をとりつづけることで血の流れが悪くなり、皮膚がただれてしまうことだ。悪化すると出血したり傷が肉や骨に達することもある。重度障害のある妹の優子はエジプト行きの長時間フライトで褥瘡になった。褥瘡がお尻にできると痛みのあまり座れなくなり、治療に何年もかかる。

褥瘡だけは避けなければならない。母をウィーンに連れていくに当たって、それは大きな問題だった。十二時間ものあいだ座席に放置していたら、まず間違いなく褥瘡になるだろう。普通の人よりも頻繁に体を動かす必要がある。それから予防のために、お尻の骨のあたりにドレッシング剤を貼る。これはものすごく薄い透明フィルムで、妹が褥瘡になったとき治療に使っていた。予防にもなるので、飛行機に乗る直前、母のお尻にベタベタと貼っておいた。乾燥しすぎもよくないので保湿剤も塗った。

これでもダメだったら病院へ行くしかない。言葉の通じそうなウィーンの皮膚科をネットで調べてメモしておいた。

フライトは午後二時の予定。空港へ着いてまもなく携帯が鳴った。エイチ・アイ・エスの担当Tさんからだ。Tさんは相変わらずテキパキと要件を話した。

「フライトが二時間ほど遅れるそうです」

絶句した。ウィーンまでは十二時間のフライト。これだけで十分に大変なことなのに、到着が遅れるとそれだけ褥瘡の危険が上がる。

「どこか休める場所が必要ですよね。有料でよければラウンジがあるはずです。でもそこでも横になれるかどうか……」

空港のインフォメーションで、横になれる場所はないか尋ねてみたが

「五階にラウンジがございます」

Tさんと同じことを言うだけだった。

Tさんが懸念していたのは、健常者にとって心地よいソファが障害者も同じように心地よいとは限らないことだ。ラウンジにあるのはベッドではなく寝椅子だと聞いている。

形によっては母には使えないかもしれない。

それでも他に手がないのなら……とエレベーターで五階へ昇り、ラウンジはどこだときょろきょろしていたら。これだ！というものが目に入った。

ソファだ。肘掛けもない仕切りもない、フラットなソファ。母は靴をぬいでソファに横になった。

「いい気持ち」

これでお尻を休めることができる。ちょっと恥ずかしかったけれど、遅延した分の二時間をゆっくり過ごすことができた。


そして、午後四時。私たちを乗せた飛行機はウィーンへ向けて飛びたった。

座席は、足元が広い席（前が壁になっている席）を指定していた。四席ならびの左側二席を使うはずだったが、

「お隣は空いていますから、四席とも使っちゃってください」

とフライト・アテンダントが言ってくれたときは
「勝った」

と思った。もう大丈夫だと思った。エコノミーとはいえ、前にも横にも誰もいない。広くて好きに動き回ることができるから褥瘡(じょくそう)の心配はない、と思ったのだ。

そういえばフライトの直前、私はブログに載せるためにこんな文章を書いている。


『これから私たちは十二時間の長時間フライトに挑む。エコノミーの十二時間だ。私と母がウィーンへ行くといったとき、多くの人が「無理」だといった。ウィーンへ行くことはたしかに難しいし大変だけれども、「大変そうだから無理」とあきらめることは私にはできなかった。

何が難しいのか。何が大変なのか。どうすれば克服できるのか。一生懸命考えた結果、けして不可能ではないと思ったのだ。

三年間、ずっとずっと考えてきた。今この瞬間も対策を考えてる。私はあんまり頭がよくないし、不器用だし、小心で器量が小さいから、とにかく考えられるだけのことを考えるしかないのだ。

褥瘡になるかもしれない。それなら予防をいっぱいしよう。あらかじめドレッシングフィルムを貼っていこう。エアクッションが駄目なら別のクッションを使おう。空気を半分ほどぬいて薄くして使ってもいいかもしれない。

こうやってぐちゃぐちゃ書いているのは不安を抑えるためだ。現実が怖いからだ。それでも、どんなに考えても、無駄だということは知っている。計画どおりにはいかない。番狂わせがおもしろい。旅とは常にそういうものだ。

私たちはこれから大きな冒険に挑む。さあ、飛行機に乗ろう。待ってろウィーン。絶対、無事にたどり着いてみせる。』

ああ、恥ずかしい。

気取ってる場合じゃなかった。「番狂わせがおもしろい」なんてほざいている場合ではなかった。私の見こみはザッハ・トルテのように甘かった！

飛行機が離陸してわずか五分後、母はこう言ったのだ。

「お尻が痛い」

……え？

思わず聞き返したけれど聞き間違いではなかった。母はお尻が痛くなっちゃったのだ。待ち時間でくたびれたのかもしれない。背もたれの形が身体に合わないのかもしれない。たった五分で、姿勢がつらいと言い出したのだ。あと十一時間五十五分も乗ってなくちゃいけないのに！

私はシートベルトサインが消えるが早いか、四席ぜんぶを使って母をごそごそと動かし始めた。

そこから地獄が始まった。

成田からウィーンまでの十二時間弱。母は十五分おきに体勢を変え、クッションを替え、ひっきりなしに動きつづけた。座布団は普段使いのエアクッションと薄いクッション、柔らかなビーズクッションも使ってみた。リクライニングを倒してみたり、まっすぐにしてみたり、左に傾いてみたり、右に傾いてみたり、前傾になってみたりした。三席を使って横になった。一時間おきに立ち上がり、腰を伸ばした。ありとあらゆる姿勢を試したけれど、それでもダメだった。

私にはそれがどんなに楽な姿勢に思えても、母は十分としないうちに

「やっぱりしんどい」

「お尻が痛い」

「姿勢を変えたい」

と訴えるのだ。

席の前には小さなモニターがあり、現在地や残りの飛行時間などが常に表示されていた。私の目は一分ごとにモニタに表示される残り時間にひきつけられた。

ウィーン到着まであと、十時間二十分
ウィーン到着まであと、十時間十九分
ウィーン到着まであと、十時間十八分

ここに来るまで三年かかったのだ。三年に比べたら十時間十八分など一瞬に思われるかもしれない。しかし私と母にとっては、このフライトは三年間のすべてを合わせたよりも確実に長く感じられた。

やがて食事が出た。機内食はとくにおいしいというほどではなかったが、しばらく気分を紛らわせることはできた。母はめんつゆと間違えて、蕎麦にコーラをぶっかけようとしていた。

空いている時間帯を狙ってトイレにも挑戦した。これも私たちの課題の一つだった。

「狭い機内トイレを使いこなそう」とたくさんたくさん練習してきた。

航空会社のサイトには
『車椅子でも使えるトイレがあります』

と書かれていたが、それは
『カーテンで周囲から目隠しをして、ドアを開けたままでもトイレが使えます』

ということだった。トイレそのものが広くなるわけでも、ドアが大きく開くわけでもない。そしてドアを開けたままにしているとトイレ内の照明が点かないから、とても暗いのだった。

それでも一応、使うことができた。車椅子から便座に移乗させ、脱ぎ着をさせた。十回用の尿とりパッドがあふれてズボンにまで達していた。ぜんぶ着替えた。トイレは結局三回使い、そのたびに着替えが必要だった。つまり十二時間で三十回分もおしっこが出たということになる。母の多尿の真髄を見たと思った。導尿(どうにょう)カテーテルにしておけばよかったとチラリと思った。

トイレへ連れていく際には、日本人の客室乗務員さんとオーストリア人のイケメンのスチュワードさんが付き添って手伝ってくれた。といっても狭いのでそれほど手伝ってもらえることがない。私がよいしょよいしょと移乗させているあいだ、イケメンのスチュワードさんが

「よし！そこだ！ガンバレ！」

と声援を送ってくれるくらいだった。なんだかスポーツをしている気分になってちょっと勇気が出るのだった。

日本人の客室乗務員さんはとても親切にしてくれた。女優の鈴木砂羽によく似た綺麗な人で、いろいろ手伝ってもらったが、最高に嬉しかったのは

「これで足を伸ばされてはいかがですか」

と空のダンボール箱を持ってきてくれたことだ。ダンボール箱の上に足を置くとちょうどよい高さで、母はほんのしばらくだがじっとしていることができた。ナイスアイデアだった。

だが平穏は三十分ほどしかつづかなかった。お尻が痛い、座っていられない苦痛はすぐにぶり返した。

十二時間、私たちは一睡もせず、一本の映画も見終わることはできなかった。ウィーンまでの十二時間、ただただ体を動かし、姿勢を変え、クッションの位置や種類を変えてみることばかりをくり返した。

離陸から八時間程たつと母の疲労はピークに達した。

大きな声を出すわけではない。ただ小さな声で

「お尻が痛い」

と訴えるだけだ。

その顔にはもう表情がなかった。母はいつも、どんなときでも、つらい時ほど笑って乗り越えるタイプだ。その母がほほ笑みすら浮かべられなくなっている。

「なんか、悲しくなってきちゃった」

と母は囁いた。

「ウィーンに行くだけなのに、どうしてこんなにしんどいんだろうって。わたし弱くなっちゃったのね」

三年前、脳出血になる前の母はタフで、かなりの無理がきいた。エコノミー席だってへっちゃらだった。その記憶があるから惨めになるのだという。

私も悲しくなってしまった。母にこんなにもつらい思いをさせてしまった。ビジネスクラスの席だったらこんなこともなかっただろうに。お金が足りないせいで。私の稼ぎが悪いせいで。

私は自分を責めていた。この苦しみは必要なものなのだろうか？ こんな思いまでさせて飛行機に乗せるべきだったのだろうか？ そもそも母は本当にウィーンに行きたがっていたのだろうか？ 私の自己満足を押し付けていただけではないのか？ この瞬間、三年間のすべてを後悔した。

「ごめんね、おかあさん、本当にごめん。つらいことさせて、ごめん」

気づいたら泣いていた。エコノミー席の暗闇の中で私も母も泣きべそをかいていた。

「謝ることなんかひとっつもないよ」

母はそういうと微かに笑った。それはまだ母が元気だった頃、そして私が小さかった頃に見た、強くて逞しい、スーパーマンな母のほほ笑みだった。

「あんたはいい子だよ」

その言葉を聞いたとき、もう耐えられないと思った。こんな母はもう見ていられない。帰りはなんとしてでもビジネスクラスにアップグレードしよう。お金はない。ないなら借りればいい。亜子おばさんならきっと貸してくれるだろう。

そのあとも数時間、私たちは考えつく限りの方法をもう一度最初から試し、七転八倒をくり返した。


出発前、私たちのアドバイザーであるSisiyさんがこんな言葉をかけてくれた。忘れられない言葉だった。

「長時間フライトがどんなにつらくても、しんどくても、十二時間の我慢ですよ。時間は必ず過ぎてくれます」

私も母もこの言葉にすがるように耐えていた。

最後にトイレに行ったのは着陸の三時間前だっただろうか。こんなに痛がるからにはもう完全に褥瘡（じょくそう）ができちゃったのかと思っていたのに、トイレで見ると無傷だった！

「おかあさん、褥瘡、できてないよ！」

私はほっとして声をあげた。

「ほんとう？」

私も母も歓喜した。そしてちょっと元気になった。褥瘡にはなっていない。ということは飛行機をおりれば痛みは消える。あとちょっと。あと三時間。すでに九時間も頑張ったのだから三時間なんてあっという間だ。

「なんかちょっといい感じになってきた」

母の機嫌もよくなってきた。

あと三時間が二時間になり、一時間になった。私たちは座席に散らばっていたクッション類を片づけ、毛布をたたんだ。

機体がゆっくりと高度を下げていく。窓の景色がななめに傾ぐ。窓の向こうに緑と茶色の農地が見えた。あれはもうヨーロッパの大地なんだ。赤い屋根と白い壁と青い川が見えた。あの町はもうオーストリアの町で、川はドナウへ注いでいるのかもしれない。なんだか信じられないような気持ちだった。ここはもうオーストリアだ。

飛行機が降下する。ものすごい轟音と振動。

今、ランディング！

「……着いたね」

母がほっとため息をついた。目元がうるんで見えたのは、疲労のせいか、お尻の痛みのせいか。

「遠かったね」

答える私も涙声だったかもしれない。遠かった。ここまで本当に遠かった。

私と母の長い長い三年間と、それよりも長い十二時間がついに終わった。

私たちはウィーンへ到着したのだ。

ウィーン到着

車椅子ユーザーは誰よりも早く飛行機に乗せてもらえるのだが、降りるときは一番最後になる。他の乗客が全員いなくなってから、車椅子専用のリフト車が迎えに来てくれるのだ。恰幅のいい黒人女性スタッフが私たちのサポートをしてくれた。

「あんた英語できる? 私力持ちだから、まかせといて!」

と言いながら母の移乗を手伝ってくれた。地獄の十二時間のあとでウィーン最初に出会った彼女の陽気さは心に沁み入った。

「今年のウィーンは暑いよ!」

彼女はペットボトルの水を差し出してくれた。疲労困憊の私を気遣ってくれたのだろう。だが私にはもうおしゃべりする余力などなかった。

リフト車の中から初めてウィーンの空が見えた。夏至過ぎの長い昼間が終わりようやく日が暮れようとしている、澄み切った夕暮れの空だった。

女性スタッフのおかげで車椅子の受け取りやスーツケースの回収はスムーズに進んだ。席の離れていた亜子おばさんとも合流できたし、空港を出たところでは、あらかじめ手配しておいた車がちゃんと待っていてくれた。リクエストどおりのセダンで、これまでの特訓が功を奏してスムーズに乗りこむことができた。万事順調！とにもかくにもホテルへ向かおう。そして一刻も早く母をベッドに寝かせてあげなければ。

若い運転手は時速百四十キロでぶっとばしながら携帯でしゃべっていたが、それを危ないと感じる余裕すら私にはなかった。緊張していたからだ。久しぶりに外国へ来たという緊張、これから一週間が始まるのだという緊張、しっかりしなければという緊張。

考えごとでいっぱいいっぱいの私の耳に、カポカポとのどかなひづめの音が聞こえてきた。

「お馬さんだ！」

母が歓声をあげる。灰色の斑（まだら）の馬が通り過ぎていった。

車はいつしか街の中心部に入っていた。私たちの車はすでに石畳の道を走り、夢のように美しい石造りの建築にとり囲まれていた。車とならんで観光用の馬車もたくさん走っている。馬のひづめの音は、ここはまぎれもないウィーンなのだと実感させてくれた。

「さあ、着きましたよ」

運転手が車を停めた。

お世話になるのはホテル・ヒルトン・ウィーン。地下鉄の駅に近く、観光に便利で、すぐ隣にはショッピングセンターがあるから買い物にも困らない。反対側の隣は市民公園だ。

今日から私たちはここに六連泊する。一般的な旅行ならウィーンはせいぜい二、三泊でザルツブルグやプラハなどをまわるのだろうけど、私たちにそんな体力はない。このヒルトンに腰を据え、一週間まるまるウィーン観光に全力を尽くすのだ。いわばこのホテルが旅の本拠地、ウィーンでの家となる。

ホテルにたどり着いた安心感と疲れとで、足の力が抜けてきた。意識朦朧の状態でチェックインをすませる。

「荷物が届いていますよ」

と言われても、先に送付した紙オムツのことだとすぐには思い出せないくらいだった。部屋のキーをもらい、きらきらと美しいロビーを抜けてエレベーターに乗りこむ。頭はクラクラしていたが、多くの時間を過ごすことになるこのホテルがどうか「当たり」でありますようにと祈りながら部屋のドアを開いた。

「当たり」かどうかの決め手はバスルームだ。手すりの位置や高さでトイレの使いやすさが全然違ってくる。ウィーン国際空港の身障者用トイレは母にはまったく使えなかった。一週間も過ごすホテルの部屋のトイレが使えなかったらどうしようと心配していたのだ。

だから私は真っ先にバスルームをチェックした。そして歓喜の声をあげたのだ。

「おかあさん、このトイレ使えるよ！家のとそっくり！」

トイレの神様は私たちの味方だった。便座の高さも手すりの位置も、あつらえたかのように母にピッタリだったのだ。

このトイレなら大丈夫。この部屋なら一週間を無事に過ごすことができる。

「よかったねえ！」

母は最後の力を振り絞ってトイレと着替えをすませた。そしてくたびれきってベッドに横になると、瞬時に深い眠りに落ちていった。

車椅子ごと馬車に乗る！

ウィーン観光一日目。

疲れ切っているはずなのに、時差ボケのせいか興奮のせいか、母も私も早朝五時半に目を覚ました。

「ここはもうウィーンだと思うと嬉しくって眠ってなんかいられないよ！」

朝食にはまだ早いので部屋の窓から景色をながめていた。

眼下には緑濃い市立公園が、その向こうには古いヨーロッパ建築がつらなっている。

街の中心からひときわ高く突き出している尖塔はきっとシュテファン大聖堂だろう。

ウィーンは朝日をあびているだけでも一幅の絵になる美しい街だった。ホテルの朝食ビュッフェはとても素敵だった。食後、亜子おばさんと三人で散歩に出かけた。亜子おばさんも疲れた顔はしていたが、やっぱりじっとしていられない様子だ。ホテルの隣は市立公園だ。都会のど真ん中とは思えないほど素晴らしい公園だった。大木が気持ちのいい木陰をつくり、小鳥がさえずり、池にはカモが浮かび、風には花の香りが漂う。三人でうっとりしながら小路を歩く。

公園内にはウィーンゆかりの人物の銅像がたくさん建っている。アンデルセンやシューベルト、ブルックナーやフランツ・レハール。

なんといっても有名なのは「ワルツ王」として知られるヨハン・シュトラウスの像だろう。金きらキンの黄金像はありとあらゆるガイドブックや旅行雑誌に載っていたし、私たちはその写真をずっと部屋の壁に飾っていた。

朝日に輝く黄金のシュトラウス像が目に入ったとたん、私たちはアイドルに出くわしたみたいにテンションが上がった。

「シュトラウスさんだー！」

「これ見たことある！　ウィーンに来たって感じするねえ」

私も母も亜子おばさんも、全員が興奮していた。雑誌そのままの「これぞウィーン」に感動していた。ここまで来られたことに感動していた。

そこでいったん、部屋に引き上げることにした。感動のあまり血圧が上がってしまいそうだったからだ。初日から病院送りになったら困るだろう。なんといっても血圧高めの六十代、感動はほどほどにしておかなくてはならない。

再び母を連れ出したのはお昼前だった。インターネットを通じて知り合ったアドバイザー・ウィーン在住のひょろさんが、

「ランチに行きませんか」

と誘ってくださったのだ。

待ち合わせはシュテファン大聖堂の前。ホテルから徒歩十五分ほどで、ウィーンのランドマーク的な建物だから道に迷うことはないだろう。母とふたり、初めての「ウィーン街歩き」だ。

ヨーロッパの石畳はデコボコがひどく、車椅子にはキツいと聞いていたが、大きな道にはちゃんと舗装された歩道があるようでほっとした。広いとはいえない道の両側には

可愛らしい店が並んでいる。量り売りのボンボンショップ。古本屋。アンティークショップ。土産物屋。目に入るものすべてが美しくおもしろく、うきうきしながらウィーンの街を歩いているうちに、待ち合わせの場所にたどり着いた。

シュテファン大聖堂はウィーンの街の中心にそびえていた。十四世紀に建てられた、黒ずんだゴシック建築が歴史の重さを感じさせている。モーツァルトの結婚式も葬式も、行われたのはここだった。今では土産物屋とツアー客が集まる一大観光地となり、世界各国の言葉が聞こえてくるにぎやかさだけれど、大聖堂の鐘はそんなものおかまいなしに荘厳な音で時を告げていた。

ひょろさんはキックスケーターで颯爽と現れた。明るくて溌剌とした若いママさんだ。これまでのお礼と挨拶を簡単にすませると、

「じゃあ行きましょう!」

ランチの予約をしている店へ案内してくださった。シュテファン大聖堂からほど近い有名レストラン「フィグルミュラー」。どんなガイドブックにも載っている超有名店だ。

「実はこの店、二軒あるんですけど、本店はすごく狭いみたいで。新しくできたほう

の店で予約をとりました」

車椅子が入りやすい店を予約してくださったということだ。心遣いに感謝した。が、私はそれを口にだして伝えることはできなかった。申しわけないことにそんな余裕はなかった。シュテファン大聖堂のまわりは古い石畳が残っている地域で、でこぼこの石の隙間に車椅子の車輪がハマってしまい、抜け出すのに苦労していたからだ。それでも前輪を上げてウィリー状態（後輪走行）にすれば進めるとわかったので、レストランには無事に到着した。標準車椅子に乗れるようになっておいてよかった。

フィグルミュラーはシュニッツェル（カツレツ）で有名なお店。母は少食だし、お皿からはみ出るくらいの肉がきたら食べきれないため、私たちは三人で二皿だけ頼み、おいしく分け合うことができた。シュニッツェルはおいしかったし、つけあわせのジャガイモやサラダも本当においしかった。

食事がすんだら、次の予定は「馬車に乗る」。

ウィーンの旧市街には観光用の馬車がたくさん走っている。二頭立ての優雅な馬車だ。石畳をゆくリズミカルなひづめの音はいかにもヨーロッパの香りが漂い、母の言葉を借りるなら、「うっとりするほどロマンチック」。

私たちも乗りたい、昔ながらの馬車で旧市街の主な見所を回ってみたいと思った。ただ、馬車に乗るには高さが数十センチものステップをのぼる必要がある。座席も狭いし、通常なら間違いなく「車椅子不可」だろう。

ところがウィーンにはなんと「バリアフリー馬車」というものが存在する。

観光局のウェブサイトでそれを知った私はメールで予約を入れていた。六月二十四日午後二時に、シュテファンプラッツからお願いします、と。

ちょうどランチの後だったので、ドイツ語ペラペラのひょろさんが
「お手伝いをしましょう」

とついてきてくださった。

私たちの前に現れた「バリアフリー馬車」は、一見なんの変哲もない普通の馬車だった。が、御者のおじさんは
「ちょっと下がっててね」
というと、馬車の下から二本のスロープをするすると引き出し始めたではないか。こ

んなところからスロープが出てきた！と盛り上がる私たち。

「さあ、乗せるよ」

おじさんは慣れた様子で母の車椅子を押し、細いスロープをたどって馬車の上へと押し上げた。そして向かいあう座席の一つを折り畳み、スペースをつくると車椅子を固定させた。

車椅子のまま馬車に乗ってる！

ウィーン在住歴が長いひょろさんでさえ初めて見る光景だった。写真を撮っていく外国人観光客もいた。

さあ、出発だ。

メールでは四十分で旧市街を一周するコースを申しこんでいた。母の体力を考えて短いコースに変更しようかとも考えたが、

「四十分でいいよ。おかーさん頑張るよ！せっかくだもん！」

と母自身が強硬に言い張った。念願のウィーンに死ぬ気でやってきて、六十八年の人生で初めて馬車に乗って、このときは最高にわくわくしていたらしい。

「疲れたとかしんどいとか暑いとか、そんなこと言ってられないほど嬉しかったの」

とあとで語った。

母と私とひょろさんを乗せた馬車はウィーンの街をゆっくりと進み始めた。シュテファン大聖堂からブルク劇場、バラの美しい庭園の横を通り過ぎて首相官邸、ミヒャエラ門、美術史美術館、スペイン乗馬学校、ペーター教会……。

どの角を曲がってもどの道に入っても、次々にあらわれる景色すべてが美しかった。なんて壮麗な建築だろう。なんて繊細な彫刻だろう。日の光や影の落ち方までもが美しい。なんて完璧に美しい街なんだろう。私はウィーンの街の美学に圧倒された。

それになんといってもひづめの音がいい。古い歴史をもつ街に馬のひづめの音を響かせながら行くと、まるでタイムスリップしたような錯覚に陥る。モーツァルトもベートーヴェンもヨハン・シュトラウスも、皇后エリザベートだって、この建物を見ながらひづめの音を聞いたに違いないのだ。歴史が私たちの両側をすり抜けていく。

見所を通りかかるたびに御者のおじさんが教えてくれたが、馬車に同乗したひょろさんも無数の情報を加味してくださった。

「あのアイスクリーム屋がおいしいから絶対に食べてみて！ あ、あそこもおいしい！ この道の向こう側にはオススメのチョコレートショップがあって……このへんに有名なベーカリーが……！」

地元民のひょろさんは私にとっては非常にありがたいガイドだった。

四十分で八十ユーロ（約一万円）はけして安くない値段だが、この馬車の旅は本当に価値あるものだった。

馬車の唯一の欠点は冷暖房がないことだろう。この日のウィーンはとんでもなく暑かった。気温は三十度を超え、太陽がギラギラと照りつける真夏の暑さがやってきていた。馬がいらだってケンカを始めるくらいの暑さで、梅雨寒の日本から来たばかりの私たちには堪えた。

せめてもの日よけにと幌を出してもらったが、車椅子までは届かなかった。おかげで母は直射日光にさらされることになった。もちろん帽子をかぶり長袖を着せていたものの、母の体力を考えるとかなり危険だ。

私はひっきりなしに

「おかあさん、水飲んで！」

「もっと飲んで！」

「どんどん飲んで！」

と、ウィーンの街を見ながら母の水分補給をしつづけるという四十分間だった。

馬車から降りたとき、母は疲れきっていた。それでも心の底から楽しかったらしい。

「お馬ちゃん、ありがとねえ、ありがとねえ」

くり返しくり返し馬にほほ笑みかけていた。

束の間の自由

観光二日目。
この日、母と私は別行動を予定していた。亜子おばさんが
「日本語ガイドを雇って美術館を案内してもらおうと思うの。美術館の中を車椅子を押して歩くだけなら私にもできると思うから、あなたもたまにはひとりで楽しんでいらっしゃいな」
と言ってくださったのだ。そこでお言葉に甘えて母を亜子おばさんに預け、私はひとりで土曜限定の蚤の市に出かける計画を立てた。はっきり言ってわくわくしていた。

朝九時にガイドさんと合流。ホテル前の駅から地下鉄に乗り、フォルクスシアター駅で下車。道の向こう側に巨大なお城が見えた。とてつもなく大きなお城。これが美術史美術館だ。収蔵品もすばらしいがカフェもとびきりすてきなのだそうだ。絵をみるのに疲れたらそこでお茶をしようねと、姉妹で楽しみにしているらしい。

ところがだ。

「開館は十時です」

淡々とした口調でガイドさんは言った。

「あと三十分ほど入れませんね。しかたがないからここで待ちましょうか」

三十分の待ち時間。元気な人なら屋外でのんびりと空を眺めて過ごすのもいいだろう。けれど体力のない母にとって三十分はかなりのロスだ。そして、私にとっても……。

私はしびれを切らせて
「もう行ってもいい？」

と亜子おばさんに尋ねた。開館をポカンと待ってるだけなら私はいなくてもいいだろう。一刻も早く蚤の市に駆けつけたかった。自由になりたかった。介護している方ならわかってもらえると思うが、在宅介護する者にとって、めったにない「自由時間」は何よりも貴重だ。一分だって無駄にはできない。しかも、旅行中に介護から離れられることなんてまずないんだから！

「十一時半に美術館で待ち合わせ。何かあったら携帯で連絡する」

と約束を決め、

「二時間で戻るから。オムツも大きいのをつけてるから大丈夫」

と母にも伝えて、私はその場を離れた。

美術史美術館を離れ、母の車椅子を離れ、介護を離れた。

単独行動となった私は走りだした。全速力で走りだした。走らずにはいられなかった。

私は自由だ！

私はひとりだ！

ただそれだけで翼がはえたように体が軽くなって、ほとんど舞い上がるようにウィーンの街を駆け抜けた。

私はまた「私の旅」に戻ってきたのだと感じていた。在宅介護を始めてからはあきらめていた旅、自分自身のための旅に。たとえそれがほんの二時間だけだとしても。

美術史美術館から一キロほど、私は息を切らせながらもほぼノンストップで走りきった。目的地は、土曜限定の蚤の市。かなりの人で混み合っており、ずらりと並んだ露店には、それはもうなんでもかんでも売られていた。

　Tシャツ、ジーンズ、シルクハットやチロル地方の民族衣装、革の財布、靴下、充電器、ディスプレイがバキバキに割れたスマホ、砂まみれのゲームソフト。シルバーのペンダント、ぼろぼろのスニーカー、大工道具。古い家族写真の束、銀の食器や燭台、ロウソクの芯切り、きれいなティーセット、ふたのないポット、エロチックな置き物。

　私はこのデタラメさが好きだ。値段交渉をする喧噪（けんそう）や、あちこちでぶつかったりガラスの割れる音がする乱雑さ、バイタリティあふれるマーケットが好きだ。こんなもの誰が買うのだろうと思っているそばから売れていく。何時間でも見ていられそうだ。私は妹の誕生日プレゼントにアンティークの小さなスプーンを買った。

　ふと、見るからに古そうなものが目についた。大振りの銀のハサミだ。かなり使いこまれて角が丸くなっているのに、丁寧に研がれているのか把手（とって）を握ると鋭い音がする。よく切れそうなハサミだった。

「これは誰？」

持ち手のところに肖像画が彫ってあることに気づいた。向かい合った男性と女性の横顔。服装からすると高貴な人なのだろう。

売り手のおばちゃんはぺらぺらとドイツ語でまくしたてた。私が「ドイツ語はわからない」と伝えると、おばちゃんははっきりと一言こう伝えた。

「シシィ」

シシィ！　それらならわかる。彼女なら知っている。十九世紀のオーストリア皇后エリザベートのことだ。ミュージカルになるほど親しまれていて、何を隠そう私は『エリザベート』を全曲歌える。

露店のおばちゃんは熱心に語り始めた。身ぶり手ぶりと、時折まじる英単語から、

「これはシシィと彼女の旦那フランツ・ヨーゼフの肖像だ。このハサミはとても古くて、シシィの時代につくられたものだ」

と言っていることがわかった。

シシィの時代。本物のシシィが生きている時代に作られたもの！

「値段はいくら？」

とっさにドイツ語で尋ねた。母のリハビリにつきあったおかげで、数字だけは完璧に

覚えている。

「百二十ユーロ」

おばちゃんはドヤ顔で言った。買えない値段ではない。交渉して百ユーロを切ったら買おうと思った。一つくらい自分のお土産があったっていい。そう心に決めたとき。携帯が鳴った。ポケットの中でけたたましい音をたてて震えている。亜子おばさんからの連絡だ。

「もしもし?」

出た瞬間に切れた。不安になった。何かあったのだろうか。

露店のおばちゃんに
「ちょっと待ってて」

と合図をしながら何度もかけなおしたら、ようやくつながった。

「すぐに帰ってきて」

亜子おばさんの弱々しい声が聞こえた。市場の喧噪(けんそう)にかき消されるようなかぼそい声。それはかつて、バンコク旅行中にかかってきた「お母さんが脳出血で倒れたの」という電話を彷彿(ほうふつ)させた。

「えっ? 何? どうしたの?」

聞きなおすとガイドさんに代わった。

「お母様がもう限界なので、帰ってきてください。美術館の正面玄関に着いたら連絡してください」

その瞬間、私の頭からシシィのハサミがふきとんだ。おばちゃんにゴメンも言わずに市場をとびだし、美術館に向かって走り出していた。蚤の市に着いてからまだ一時間しか経っていなかった。

来た道を走りだしたものの、行きと同じように全力ダッシュ、というわけにはいかない。坂道だったからだ。行きは下り坂をびゅーんと下りていけたが、帰りはずーっと上り坂。汗だくになり、息をきらせ、必死になって足を動かした。四十歳を過ぎてからどんどん体重が増えつづけているせいもあって、つらかった。太陽が容赦なく肌を焼き、汗が目にしみる。

美術館に着いた頃にはすっかり走り疲れて石段に座りこみ、そこからガイドさんに電話をかけた。

五分後、私は母たちと合流した。母は体調が悪くなったわけではないが、疲れきっていた。

「どうしても無理なんだって」

亜子おばさんが残念そうにつぶやいた。母は言葉少なく無表情に近かった。

美術館はバリアフリーで何も問題なかったが、母はほとんど絵を見る暇もなくと言い出した。

「お尻と背中が痛くてもう座っていられない」

と言い出した。姿勢をかえれば楽になるかもしれないと、美術館のスタッフ（イケメン）がお姫様だっこでソファに移乗させてくれたのだけど、それでもダメだった。

明らかに過労だった。長時間フライトの疲れがとれていないのに、昨日の馬車でまた疲れ、そのうえに三十分の待ち時間がトドメを刺した。水分不足もあったのだろう。可哀想なことをしたと思った。一刻も早くベッドで横になる必要がある。ホテルに帰ろう。

「地下鉄は疲れるからタクシーを呼ぼう」

そういって手配してもらったが。

タクシーというものは楽そうに見えて、移乗が難しい。日本でたくさん練習はしたけれど、今の母は全身の力が抜けてしまっているし、私自身も走り疲れて足元がふらついている。車に乗せるのも降ろすのも、これまでになく大変だった。いかにも大儀そうに

見えたのか、ホテルに着いてなんとか母を車椅子に乗せたときは、タクシーの運転手が
「グッジョブ、よくやった!」
と私の頭をなでてほめてくれた。
冷房の効いた部屋は天国のように心地よかった。たくさん水を飲んでからベッドに寝かせると、母はあっという間にうとうとし始めた。そこで私は
「お昼寝するのなら、ちょっと出かけてきてもいい?」
と尋ねた。母は
「うん、どこにでも行っておいで。おかあさんはここでいい子にしてるから」
そう言うなりもう眠っていた。
私は
「すぐに帰ってきますから」
と亜子おばさんに頼み、再び街へ出ていった。
向かった先はもちろん先ほどの蚤の市だ。まだぜんぜん見足りなかったし、シシィのハサミがどうしても欲しかった。けれど駆け戻った市場からは、あのおばちゃんも銀色

のハサミも消え失せていた。店の場所を間違えたかと思って何度も探したが見つからない。シシィのハサミは売り切れてしまったか、おばちゃんが早めに店を畳んだかしたのだろう。がっかりした。

私はそのあともしばらくは蚤の市をさすらった。小さなグラスやボタンを買った。けれどもう、はしゃいだ気分にはなれなかった。母の状態が気になっていたからだ。あの様子ならしばらくは眠るだろうし、亜子おばさんもいるから大丈夫。自分にそう言い聞かせてみても、なんとなく心配だった。水は飲んだけど足りなくて、脱水症状が悪化しているのじゃないだろうか。てんかん発作を起こしていたらどうしよう。さっき亜子おばさんの携帯はうまくつながらなかった。困っていたらどうしよう。救急車とか呼んでいたらどうしよう。

悪い想像が、ひとりで楽しんでいることへの罪悪感を招く。まだまだ時間に余裕はあったがホテルへ戻ることにした。

なのに、ホテルの近くまで来ると今度は

「やっぱりまだ帰りたくない。もう少し自由でいたい」

さっきと逆の気持ちが頭をもたげてくる。

結局はホテルのすぐそばの店で買い物をしたり、アイスクリームを食べたりしてギリギリまで過ごした。なんて自分勝手なんだろうと我ながらあきれた。

もちろん母は無事だった。目を覚まして亜子おばさんと昼食を食べていた。私もたくさん走ってくたびれていたのでちょっと休憩することにした。

「おかあさんも、もう一回寝るわ」

母は眠そうに言った。

そしてふたりで昼寝をした。いつのまにか深い眠りにおちていて、目が覚めたら深夜だったのでびっくりした。

日曜ミサと素敵なカフェと

観光三日目。計画では、朝から日曜ミサへ行き、それから船で一時間半ほどドナウ川を下り、隣国スロバキアを日帰り観光するというハードスケジュールの予定だった。

「ドナウ川を船で下るなんてすてき。飛行機に乗らずに隣の国へ行けるなんてすてき」

陸路で国境越えをしたことがない母は、ちょっとくらいキツくても行ってみたいと熱望していた。

でも、今の体調からいうとそれは『ちょっとキツい』なんてものではない。

「どう考えても無理だね」

母は美術館から帰ってきてからずっと横になっていた。トイレと食事のほかは、こんこんと眠りつづけていた。半日がかりのボートトリップどころか三時間も座っていられないありさまだ。とてもじゃないがスロバキアへ行く元気なんかない。

「スロバキア行きの船、キャンセルするね」

私は眠っている母に声をかけた。聞こえていないだろうと思っていたのに
「しかたがないね。すーっごく残念だけど」

目をつぶったまま母は答えた。

私も残念だった。先払いした船のチケット代、一人片道四十ユーロ、二人往復で百六十ユーロが無駄になってしまったから。

船旅はあきらめるしかなかったけれど、日曜ミサだけは行くことにした。思い返せば六年前、私はひとり旅の途中でウィーンを訪れ、たまたま日曜ミサに行き当たったのだ。

ミサというと神父さんのお祈りを聞くものだと思っていたら、本格的なミサ曲の演奏やオペラ歌手による歌があって驚いた。

「本場のクラシックをただで聴けちゃうなんてラッキー」

と軽いノリで聴いていた私でも、音楽の美しさには心打たれた。クラシック音楽の原初の姿はここにあるのだと悟った。モーツァルトもベートーヴェンも何もかも、クラシック音楽というものはそもそも教会のためにうまれたのだと。

私は帰国するなり
「音楽をやるのなら一生に一度はウィーンへ行くべきだよ」

と母に力説した。当時まだ元気だった母はその言葉に触発され、

「いつかはウィーンに行かなくちゃ!」

と思うようになり、その記憶が現在の旅をうむことになった。いってみれば日曜ミサこそがこの旅の原点なのだ。

朝早く、母がまだ寝ているあいだに教会の下見にいった。車椅子でも入ることができるのか確認しておきたかった。アウグスティーナ教会は買いそびれたハサミにも肖像が

入っていた美女シシィと皇帝フランツが結婚式を挙げた教会だ。段差にはちゃんとスロープが設えられていた。ちょうどミサ曲の練習をしているらしく、弦楽器や管楽器の音がやわらかく響いていた。

ホテルに戻ると母は目を覚ましていた。調子はどう?

「たくさん寝たから、もうちっともしんどくないよ。早く出かけようよ!」

元気でパワフルな母が戻ってきていた。

教会までは地下鉄を使った。

「先頭と最後尾がバリアフリー車両ですよ」

というひょろさんの情報どおり、車椅子やベビーカーを停めるための広いスペースがあり、段差解消のスロープまでついていて、不便なことは何もなかった。

カールプラッツで降り、オペラ座やホテル・ザッハーの前を通ってアウグスティーナ教会へ。時間はきっちり十一時。ミサが始まったところだった。

アウグスティーナ教会はシュテファン大聖堂に比べると観光客が少ない。シンプルな石造りの教会はさほど大きくも派手でもない。そのおかげでミサの音楽を邪魔するような騒がしい観光客はいなかった。

車椅子を会衆席のすぐ後ろにつけて、私たちはミサに加わった。

その日のミサ曲はハイドンだった。ベツレヘムで生まれたイエスのための祈りの音は、イタリアで音楽として形作られ、ウィーンで洗練されてクラシック音楽として完成した。厳かな雰囲気の中、ハイドンのミサ曲は祭壇や燭台にやわらかく反響しながら高い天井へとのぼっていった。

「まるで神様のところから聞こえてくるみたい」

母はうっとりとしていた。若い頃には聖歌隊に入っていたこともあったというから、懐かしさもあったのだろう。連れてきて良かったと思った。またお尻が痛いと言い出さないかハラハラしたが、結局一時間ほどの長いミサをほとんど聴くことができた。


ミサが終わるとそのままホテルへ帰ってもよかったが、

「カフェに寄ってお茶しない?」

弾んだ声で母が言う。ウィーンはレストランの食事よりもカフェのケーキが有名で、

「ウィーンに行ったら毎日カフェ巡りをしようね」

とさんざん研究していたのに、実際にはそんな体力はなくて、せっかくの美術史美術

館のカフェもすぐに出てきてしまい、母はまだ一度もケーキを食べていなかったのだ。

アウグスティーナ教会を出てちょっと歩けばザッハ・トルテの生みの親であるホテル・ザッハーと、カフェ・モーツァルトが並んでいる。どちらも超有名店だ。どっちにする？

「今日は音楽の気分だからモーツァルトにしよう」

母が決めた。

テーブルはテラス席を選んだ。夜中に雨が降ったせいか、前日までの暑さがウソのように涼しかった。ウィーンの街を吹き抜ける風が心地いい。私はモーツァルト・トルテを、母はアプフェルシュトゥルーデルというウィーン名物のリンゴパイをコーヒーとともに注文した。どちらもびっくりするほどおいしかったし、お皿もカップもフォークも紙ナプキンもお砂糖までもがすてきだった。

「ねえ、写真を撮って」

母がせがんだ。

「カフェの看板と、それと車椅子がちゃんと見えるように写真を撮って。『私は車椅子だけどウィーンのカフェでお茶してますよ』ってわかるように」

誇らしい顔だった。

「すばらしい日曜日ね」

船には乗れなかったけど、スロバキアへの日帰り旅行は断念したけど、それでも美しい音楽を聴いてカフェ・モーツァルトでお茶をして、十分にすばらしい一日になった。

モーツァルトを感じて

観光四日目。この日は朝から雨だった。涼しいをとおりこして肌寒い風が吹いている。天気とは裏腹に私には温かな再会があった。旅友達のN尾さんだ。

私がN尾さんと出会ったのは五年前、南米旅行中のことだった。お互いひとり旅だったが、同じようなルートで南米をまわっていたため、何度も出会ったのだ。よっぽど御縁があるのだろう、ペルーの大きな街でもボリビアの小さな街でもチチカカ湖でもマチュピチュ遺跡でも、

「またお会いしましたね」

私はN尾さんとちゃんと出会うことができた。

今回、N尾さんは北アフリカからヨーロッパをまわる旅の途中だった。本当はスケ

ジュールが合わずにすれ違うはずだったが、

「ラマダンにぶつかってしまいまして、モロッコを早めに出ちゃったんです。予定がくりあがって数日間ひまになりましたから、ウィーンでご一緒しましょう」

ということになった。

「これもアラーだかイエスキリストだか、どこかの神様の計らいですよ。『おまえはウィーンへ行って車椅子を押せ』と言われてるんですよ。今日と明日はコキ使ってやってください」

N尾さんは笑いながら言った。私はとくに信仰する宗教はないけれど、人と人との出会いは神様の計らいだ、というのは真実かもしれないと思う。

N尾さんは年齢からいうとシニアのはずだが、ものすごくタフで身軽で、知識と語学力とコミュニケーション能力があって、私なんかよりずっとお若い。しかも親切な紳士である。一緒に街を歩くとき、私が母の車椅子を押しているのを見て
「女性に押させるなんて落ち着かない。私に押させてください」

と言ってくださったのだ。頼もしい味方の登場に私は感謝した。

幸い雨があがったので私と母とN尾さんは三人で観光にくり出した。N尾さんが「車

椅子押し係」を買って出てくださったから、私はとっても楽ちんで、道端でカメラを構えることもできて、嬉しかった。

京都に無数のお寺があるように、音楽の都ウィーンには偉大な音楽家が住んでいた家がたくさん残されている。ハイドン、ベートーヴェン、シューベルトなどなど。私たちはモーツァルトの家を訪れた。

モーツァルトハウスはホテルから徒歩圏内、シュテファン大聖堂からほんの一本脇道にそれたところに建っていた。十八世紀初頭に建てられた、小洒落たアパートだ。近年リニューアルされて完全バリアフリーになった。もちろんエレベーターもある。

モーツァルトの住居はこの建物の二階部分だった。奥さんと息子、小さな犬と小鳥、三人の家政婦とともに暮らしていたという。そんなに大きくもない部屋だ。犬と子供と小鳥がいて、浮気性の旦那がいたら、それはそれはにぎやかな家だっただろう。モーツァルトの家は音楽だけじゃなく、子供の泣き声や奥さんが叱る声、犬のわんわんいう声に小鳥のさえずり、家政婦さんが立ち働く足音など、騒々しい生活音で満ちていたに違いない。モーツァルトがいつも夜間に作曲活動をしていたのは周囲がにぎやかすぎたせいだろう。

そんな中で書かれた名曲『フィガロ』の楽譜も展示されていた。モーツァルト直筆の楽譜。音楽の神様モーツァルトがその手でペンを持って書いた楽譜。猛烈な勢いで書かれたのだろう、五線紙に音符が海の波のように走りまわり、踊り狂っている。書きなおしのあともなく、逡巡(しゅんじゅん)した様子もない。神様から与えられたものをそのまま書き写した楽譜だ。天才がノリッノリで書きまくった楽譜だ。パーティ好きで女好きで犬好きなモーツァルトは、実際にはどんな兄ちゃんだったんだろう。

モーツァルトはここにいたんだ、と私は奇妙な感慨に打たれた。母もモーツァルトを身近に感じていた。あまりたくさんの感想は口にしなかったが

「あの部屋にいるあいだじゅう、ずっと音楽が聴こえてたよ」

と呟いた。

「ざわざわと楽しい気配がして、まるでモーツァルトがすぐそこにいるみたいだった」

作曲家は死んでも音楽は残る。音楽という形でモーツァルトの魂はこの世界に生きつづけているのだろうと思った。

モーツァルトハウスを出ると小雨がぱらついていた。私たちは有名なチョコレートメーカー・デメル本店でザッハ・トルテを買い、ホテルに戻った。

黄金のホール

モーツァルトハウスを訪れた日は、言ってみれば「モーツァルトデー」だった。朝はモーツァルトの家を見て、夜にはモーツァルトのコンサートを聴きに行く。とくに夜のコンサートは母がめちゃくちゃ楽しみにしている、この旅行のメインイベントだった。音楽の都ウィーンでは毎晩どこかでクラシック・コンサートが開かれている。王宮でもシェーンブルン宮殿でもモーツァルトハウスでも劇場でも。しかし母には絶対のこだわりがあった。

「楽友協会ホールのコンサートに行くの！」

と固く固く決めていた。

「楽友協会ホールは私たちの夢なのよ」

亜子おばさんも言った。

楽友協会ホールの名物・ニューイヤーコンサートは、豪華絢爛に着飾った貴族たちが集まるというもので、日本でも毎年ＮＨＫで放送されている。それを見て

「うわあ、いいなあ」

と姉妹そろって憧れていたそうで、

「ウィーンでコンサートを聴くなら、何がなんでも楽友協会ホール」

とふたりの意見は一致していた。

チケットは何ヵ月も前にインターネットで買っていた。母の車椅子席と亜子おばさんの介助席。私は外で待機しているつもり……だったのだけれど。

「大丈夫かな」

不安になってきた。美術館でのことがある。また途中でしんどくなっちゃって、お尻が痛くなっちゃって、突然、「帰る」とか言い出したら亜子おばさんはきっと困る。あまり離れないほうがいいかもしれない。同じスーペリアじゃなくても、せめて同じホール内にいるべきだろう。

そこで私もチケットを買うことにした。席を選ばなければチケットは手に入る。モーツァルトの扮装(ふんそう)をした売り子があちらこちらで売りさばいているのだ。私はそんな売り子から一番安い席を一枚買っておいた。

通常、コンサートは夜に開かれる。母はたっぷりお昼寝をして体力温存につとめた。

夕方六時に支度開始。白いブラウスに黒のズボン。本当はドレスを着たいらしいが、介助が大変なのであきらめてもらった。代わりに銀色のスカートをひざ掛けにしよう。念入りにお化粧もしよう。ほら、きれいになった。バイオリン弾きとして活躍していたあの頃みたいにきれいになった。

さあ、出発だ。

母と私と亜子おばさん、三人そろってタクシーに乗り、楽友協会ホールへ向かう。夏至を過ぎたばかりの午後七時はまだまだ明るかった。タクシーは十分ほどでウィーン楽友協会ホール、別名「黄金のホール」に到着した。

演奏会は八時十五分から。母はコンサートが始まる前にと、車椅子用トイレを使わせてもらった。このトイレは、手すりが遠く背もたれもなくトイレットペーパーには手が届かないという非情なほどの使いにくさだったが、なんとか頑張った。

スーペリアは中二階のボックス席だった。「車椅子席」ということになっていたが、座席が固定ではなく木の椅子が並んでいるだけだったので、自分たちで勝手に椅子をどけて、車椅子を中に入れた。

「うわあ！」

「すごいね！」

母も亜子おばさんもため息をもらした。金きらキンの壁、金きらキンの彫像、天井に描かれた優美な絵画、ずらりと並んだシャンデリア。さすが黄金のホールと呼ばれるだけのことはある。

「来ちゃったね」

「ここまで来ちゃったね」

きらきら光る客席で、母と亜子おばさんはならんで写真を撮った。黄金のホールには姉妹の笑顔まできらきらと光り輝かせる力があった。装飾の明るさではない。シャンデリアの灯りではない。憧れの場所へついにやってきたという喜びがふたりを輝かせていたのだ。この旅で一番の笑顔だった。

母の姿勢を整えてから、私は自分の席へ向かった。一つ上階の安い席。とても見晴らしがいい席で……とくに周りの観客の様子がよく見えた。

客席には、絢爛なコンサートホールとは好対照な、ざっくばらんな観光客が群れをなしていた。今夜のコンサートは観光客向けの気楽な音楽会だ。観客の六割はアジア人だろう。ドレスを着ている人なんてひとりもいない。母と亜子おばさんのスーペリア席は少しはマシだったようだけど、それでもめいっぱいお洒落をした姉妹はちょっと浮いていたかもしれない。

八時十五分。コンサートが始まった。モーツァルト時代の鬘や衣装をつけ、宮廷音楽家に扮装をした人たちがモーツァルトを演奏するという趣向だった。クラシック慣れしていない外国人観光客を飽きさせないための配慮か、有名な曲のごく一部、さわりだけが次々と演奏されていく。楽しいといえば楽しい。でも、本当にさわりだけなので、私でさえ「もっとつづきを」と欲求不満になるメニューだった。

楽団の人たちもあんまり真剣に弾いているようには見えなかった。それはそうだろう。真剣に弾くような雰囲気でもなければ、真剣に音楽を聴く雰囲気でもなかった。

客席ははっきり言ってむちゃくちゃだった。

演奏中にもかかわらず平気でカメラのフラッシュが光る。動画を撮りつづける人もいる。子供がぐずり、おばちゃんがゲップをし、おじいちゃんは大声でなにか怒鳴っている。マナーもルールもなんにもない、おそろしくカオスなコンサートで、私は笑いが止まらなかった。舞台よりも音楽よりも客席のほうがおもしろい！

幕間休憩に母の様子を見に行った。バイオリン弾きの母や本格クラシック好きの亜子おばさんにこのコンサートは失敗だったかもしれない、なんて思いながら。

ところが
「すっっっごく楽しい！」

なぜかふたりとも大満足の模様。せっかく高額なチケットを買ったのに、がっかりしてないの？

「そんなのどうでもいいのよ。楽友協会ホールで聴けただけで最高なんだから」

「客席もにぎやかだったけど、楽しかったね」

「きっとモーツァルト時代もこんなふうだったわよ」

「これぞ音楽、音を楽しむ、よね」

まあ、楽しかったのならよかった。

ところで体調は大丈夫？と私は尋ねた。美術館のときみたいにお尻が痛いなら帰ろうか？

「絶対にイヤ！最後までみる！」

母はきっぱりと断言した。

「こんな幸せ二度とないもんね」

亜子おばさんも笑った。ふたりの笑顔は、開演前よりもさらに輝きを増していた。ふたりとも七十年近く生きてきて、それなりにいろいろなことがあって、つらいこともたくさんあったし、今だって本当はつらいのかもしれないけれど、それでもこんなに幸せそうなふたりの笑顔を見たのは久しぶりだと思った。

母の安全を確かめた私は二幕を見ることなく外へ出た。私はクラシックが大好きってわけでもない。母の無事を確かめられればそれでいい。落ち着かない客席に座っているよりも、今の幸せを静かにかみしめたかった。

ホールを出ると、夏のウィーンに夜のとばりが下りようとしていた。カールス教会の上にはほんのりと青い色が残っていたが、反対側の空はもう紫紺色に染まっている。歴史と音楽にみちたウィーンの夜は、どこか神秘的でおごそかな雰囲気があった。

私は大きく息を吸いこんで、美しい建物を仰ぎ見た。ウィーン楽友協会ホール。今はその懐に母とモーツァルトの音楽を抱いている。さきほどの母の顔は幸せではちきれそうだった。私自身も幸せな気持ちになった。

とうとうここまで来た、と思った。

この黄金のホールは旅の最終目的地、ずっとめざしていたゴール地点だった。私たちが「ウィーン旅行」というとき、それは正確には「ウィーンの楽友協会ホールへ行く旅行」という意味だったから。だから、飛行機が着陸したときよりもヨハン・シュトラウスの像の前に立ったときよりも、この夜が一番、

「ウィーンへ来た！」

という実感があった。

三年前、もうバイオリンが弾けないと泣いている母の枕元で

「ウィーンへ行こう」

と言ったときのことを、遥か遠い昔のように思い出した。

「そんなことしている場合じゃないだろう」と叱られたことを思いだした。

死んでしまった猫のアジャリのことを思い出した。

計画の途中でいっぱい悩んだことを思い出した。

地獄のように苦しかったフライトを思い出した。

母の三年間のリハビリのことを思い出した。

私が「ウィーンへ行く」と言ったとき、たいていの人は信じてくれなかった。

にっこり笑って
「そう、それはいい夢だね」

と返したものだ。

人生に夢は必要だ。夢はいいものだ。けれど夢は叶わないものだ。それを知っている大人の目だった。だから私はこう言いつづけたのだ。

「これは夢ではない。計画だ」と。

そうしてとうとう、ここまで来た。ウィーンまで来た。疲労と緊張の日々の中で、初めて達成感が湧いてきた。大きな喜びがむくむくと湧いてきて
「どんなもんじゃーー!」

と叫びたい気持ちでいっぱいになった。

叫ぶかわりに私は文章を書いた。あふれるような喜びを書きなぐってその場でブログを更新した。ここまでこれたのは私ひとりの力ではぜんぜんなかったから。たくさんの人が私たちを助けてくれたから。その人たちに、今の気持ちを、私と母の幸せを、少しでも感じてほしかったから。

私はウィーンの夕暮れを見つめながら喜びに浸っていた。

ベルヴェデーレ宮殿

翌六月二十八日。ウィーン観光最後の日。

この日は「お城へ行く日」だった。古都ウィーンはハプスブルグ王家のおひざ元だけあっていくつもの宮殿がある。王家の住まいであったホーフブルク宮殿、クリーム・イエローの壁が光り輝くようなシェーンブルン宮殿など。

当初は一番有名なシェーンブルン宮殿を訪れるつもりだった。前日、母が昼寝をしている隙に、私はひとりで下見にいった。すると少し残念な光景が広がっていたのだ。何かイベントが行われるのか、巨大なステージが据えられてクリーム・イエローの宮殿がほとんど隠れてしまっている。それに、この人混み！チケット売り場の前からもうごった返していて、日本語と中国語が渦巻いている。ここは台北か。それとも大阪か。ＵＳＪのゲート前か。

「うーん」

思わずうなってしまった。母はここに突撃できるだろうか？人混みを見ただけでウンザリして「帰る」とか言い出しそうだ。

当日の朝になってもまだ悩んでいたら、

「今日も車椅子を押しますよ！」

と手伝いに来てくれたN尾さんが
「宮殿に行くのなら、シェーンブルンはやめてベルヴェデーレ宮殿にしませんか。ここから歩いて行けますし、ずっと空いてます」

と提案してくれた。驚いたことにN尾さんも昨日、シェーンブルン宮殿の下見をしてくれたらしい。そして私と同じ感想を抱いたという。ここはちょっと難しいなと。それでそのあとベルヴェデーレにまで足を延ばしてくださった。

「実際に見て、ベルヴェデーレなら車椅子でも行けるんじゃないかと思いまして」

そうなのだ。どんなに情報を集めても、車椅子が入れるか入れないか、段差があるかないか、実際に見てみないとわからないことは存在する。私はウィーンに着いてから毎日、母が昼寝をしている隙にできるかぎりの下見をしていた。それを母とは初対面のN尾さんがやってくださったとは！　しかも、

「近道はこっちだけど石畳なので、向こうの道を通りましょう。舗装されています」

道の状態まで完璧にチェック済み。

なんていい人なのだろうと心打たれた。N尾さんだけではない。馬車にまで付き合っていただいたひょろさんも、メールでたくさんの情報をくださった楠さんとSisiyさんも、ひょろさんを紹介してくださった方も、ブログのコメントで励ましてくださる方々も、みなさん本当にいい人ばかりだ。私は本当に恵まれている。きっと音楽の神様が見守ってくれているに違いない。それと、去年死んだ猫のアジャリと。

ベルヴェデーレ宮殿はホテルから一キロちょっと。輝く太陽が戻ってきたウィーンの街を私たちは三十分ほど歩いた。六月末のウィーンは、太陽こそまぶしいけれど風は乾いて木陰は涼しい。なかなか楽しい散歩だった。

ベルヴェデーレ宮殿には上宮と下宮の二つがある。上宮を入場観光することにし、門をくぐると広大な庭が広がっていた。

「これでも裏庭なんですよ。すごいでしょう」

とN尾さん。

「シェーンブルンの庭は砂利道だけどベルヴェデーレは舗装されています。それもあって、こっちのほうが車椅子にはおすすめなんです。ただ、一カ所だけ上り坂があって」

本当だ。庭園から宮殿へつづく道の途中に階段がある。スロープがつけられているがずいぶん急だ。

「これは無理」

私は思わず口走った。いくらなんでも勾配がキツすぎる。在宅介護を始めて三年、これほどの急坂を車椅子を押してのぼった経験はない。絶対に無理だと思った。危ない。ケガをする。やめとこう。

「ふたりで引っ張ればなんとかなりませんかねぇ」

「うーん、やってみましょうか」

なんでだろう。N尾さんがいると無敵に思えるから不思議だ。そしてやっぱり不可能が可能になった。N尾さんはタフなバックパッカーの本領発揮、車椅子の前輪の上あたりを握ってぐいぐいと車椅子を引っ張り上げる。私も後ろから押していたけど、途中で怖くなって

「今コケたら死ぬー!」

と悲鳴をあげてしまった。そうしたら通りすがりの女性が駆け寄ってきてくれた。

「手伝いましょうか?」

「プリーズ！」

三人がかりでなんとか坂の上まで押し上げることができた。無事でよかった。チケットを買い、ベルヴェデーレの上宮に入る。ここは美術館になっていて、スロープもエレベーターもちゃんとある。クリムトやモネ、ドラクロワ、教科書に載っている『ナポレオンのアルプス越え』など有名な作品がずらりと並んでいた。ゆっくりと時間をかけて見れば素晴らしいだろう。が、私たちにはゆっくりしている余裕はなかった。わりとすぐに母の「もう帰る」が始まったからだ。

そこで一階に降りるべくエレベーターのボタンを押した……が、来ない。なかなか来ない。ぜんぜん来ない。混んでいたわけではない。ベルヴェデーレ宮のエレベーターはおそろしく遅いのだ。地下鉄のエレベーターも日本に比べてゆっくりだなと思っていたが、ここのエレベーターは地下鉄の三倍の時間がかかる。いや十倍かもしれない。ボタンを押してから「あ、クリムト見るの忘れてた」といって隣の部屋にクリムトを探しにいって、戻ってきてもエレベーターはまだ一階分すら動いていなかった。美術館で過ごした時間の半分はエレベーターを待っていたと思う。

帰りには表側の庭園を通った。池が青空をうつし、花壇には花々が咲き乱れていた。

母は有名な絵画を前にしたときよりもずっとたくさんの
「きれいね！」
をくり返した。

その日の夕方、私たちは市立公園内にあるオープンテラスのカフェで夕食をとった。N尾さんと母はビールを飲み、亜子おばさんはノンアルコールのバドワイザー、私はアップルサイダーで乾杯した。つまみには大きなソーセージとポテトフライ、それから小麦粉とチーズの料理。どれもおいしかった。まだまだ日は高かったが、公園の大木が涼しい木陰をつくり、緑の風が吹き抜ける。ウィーン最後の夜。ウィーン最後の夕食。とても爽やかで心地よく、充実していたけれど、大きな寂しさをも感じたひとときだった。

食事を終えてホテルに戻る頃、ようやく日が沈みかけてきた。

「これが最後の夕焼けだよ」

明日の午後には日本に帰らねばならない。暮れなずむウィーンの街を再び見ることはないだろう。

母とふたりで窓辺にならび、ウィーン最後の日没を見送った。古い街なみが夕日を受けて繊細な影絵となっている。公園の小鳥たちはねぐらに帰り、仕事を終えた馬車の馬たちもひづめを鳴らしながら去っていく。夕日はシュテファン大聖堂のすぐ隣にゆっくりと沈んでいく。そうして紫色のとばりが下りた。

帰りはビジネスクラスで

夢のような一週間が終わる。私はこれまでさんざん世界中を旅してきたが、このウィーン旅行は今までの旅とはまったく違ったものだった。これまで海外旅行というとただただ楽しくて、気楽で、自由なものだった。ところが今回はぜんぜん違った。八割くらいは「ON」だった。介護モードというか仕事モードというか、私には「するべきことをする」という義務感があった。

そんな私の「ONの旅」には、最後に一つ、大きな仕事が残っていた。母を無事に連れて帰るという仕事だ。日本をめざしてのロングフライト。

最後の大仕事を前に私は大きな決断をしなければならなかった。実はウィーンに到着したときから、いや、到着前から考えていたことだ。地獄の十二時間フライトのあいだずっと悩みに悩んで決めたこと。

「帰りはビジネスクラスにしよう」

エコノミーでの十二時間はあまりにも過酷だった。あんなにもつらそうな母を二度と見たくなかった。

が、お金がない。本当にない。もともと予算がないから無理を承知でエコノミーに乗ったのだ。これぱっかりはどうしようもない。

だから、借りるしかなかった。一週間前、ウィーンに到着し、亜子おばさんと合流したときの第一声、私はこう言った。

「おばさん、お願いです。お金を貸してください」

クレジットカードという借金方法もあるにはあるが、旅行準備にずいぶん使ってしまったので、私の貧しい利用限度額内でおさまるかどうか疑問だった。亜子おばさんは
「もちろん、いいわよ」

と引き受けてくれた。

オーストリア航空のグレードアップは搭乗の三十六時間前からインターネットで申しこむことができるが、どういうわけかうまくいかない。ネットがダメなら航空会社に直

接申しこもう。オーストリア航空のオフィスはどこにあるのだろう？

ホテルのコンシェルジュに相談をしたら
「すぐ隣だよ」

と返ってきた。ホテルの隣には大きな鉄道駅がある。

「エアポート・トレイン（ＣＡＴ）のチケット売り場にオーストリア航空のカウンターがあるよ。そこで相談してみたら？」

「ありがとう！」

私は走った。すぐさま走った。ビジネスクラスの席数は限られている。一刻も早く確保しなければならない。ホテルを飛び出しミッテ駅に飛びこみ、ＣＡＴの看板をめざして人混みの中をすり抜けていった。そこには空港へ向かう人のためにオーストリア航空のカウンターがあった。

「ビジネスクラスにアップグレードしたいのだけど、どうすればいい？」

息せききって私は尋ねた。

「ビジネスを二席？　まず空席を調べてみましょう。予約番号はある？」

もしかしたら母よりも年上かもしれない超美熟女が応対してくれた。

「二席並びが空いてるからここをとるわね。一人につき千百九十九ユーロです」

吐きそうになった。あまりの高額に気持ちが悪くなった。一人十四万円。二人で二十八万円だ。そしてハタと思い出した。焦って飛び出してきたので、私は手ぶらだった。

「ごめんなさい、財布を忘れました」

なんで馬鹿なんだろう！

私は走ってホテルに舞い戻った。財布と亜子おばさんの腕をつかんで
「一緒に来て！」

と頼んだ。もし私のカードが使えなかったら、亜子おばさんに買ってもらうしかない。少し緊張しながらオーストリア航空の超美熟女にクレジットカードを渡す。

カードは無事に通過したらしい。美熟女はチケットと共に搭乗券を二枚出してくれた。これでビジネスクラスに乗れるのだ。母をエコノミーに乗せないですむ。地獄のフライトを繰り返さないで済む！

ほっとしたよりもまた吐きそうになっていた。合計三十万近くの支払いだ。カードという名の借金だ。無職の私に支払えるのだろうか？

ウィーン最後のひととき

六月二十九日。

とうとうウィーン最後の朝日がのぼった。寝ているのがもったいなくて、母も私も朝四時から目を覚ましていた。昨日までの一週間と同じように六時半からレストランへおりて亜子おばさんと三人で朝食をとる。レストランのビュッフェはいつもおいしくて、楽しかった。

チェックアウトは午後一時まで延長してあるので急ぐことはない。朝食後には最後の散歩としてシュテファン大聖堂まで歩いた。もうこのガタガタの石畳ともお別れなのだと思いながら。光のさしこむステンドグラスや、重々しい彫刻や、十字架や、高い天井などをしみじみと見上げながら神様に感謝した。私はクリスチャンではないのでイエス・キリストを含めたすべての神様に感謝をした。私たちを見守っていてくれたウィーンの神様に。感動を与えてくれた音楽の神様に。たくさんの人に助けの手をさしのべてもらえるという幸運を授けてくれた旅の神様に。感謝をこめてロウソクに火を灯した。

もうすぐ旅が終わると思うと気が抜けてしまったのだろうか。大聖堂からの帰りに道を間違えて、ぜんぜん知らない道に出てしまった。郵便貯金局や、三日前に乗りそびれたスロバキア行きの船が出る船着き場などを横目に見ながら歩いた。

「最後の最後に、今まで見たことのない景色が見られてラッキーじゃない？」

と亜子おばさんが言った。


部屋に帰るといよいよ最後の荷造りだ。

この旅行での大きな心配事の一つがトイレで失敗することだった。多尿で頻尿の母は普段から大量の紙オムツを使う。オーバーフローしてしまうこともしばしばで、行きの飛行機では三回もズボンを替えなければいけなかった。もし大洪水を起こしたら、お洒落なカフェや憧れのコンサートホールで失禁したらどうしよう。それは大きな不安だった。だからこそ日本から何パックもの紙オムツを送り、現地で介護用オムツを買える店の場所も調べていた。

ところがだ。奇跡が起こった。ウィーンに着いてからというもの、一枚のオムツもパンツも汚していない！ちゃんと尿意を伝えられるし、ちゃんとトイレまで我慢できる。これは普段の母からは考えられないことだ。憧れの地で失敗したくないという緊張が

よい方に働いたのだろう。この効果を私は
「ウィーン・マジック」
と名づけた。
ウィーン・マジックのおかげで大量に持ちこんだ紙オムツはほとんど減らなかった。それは喜ばしいことなのだけれど、たくさん持ってきただけに紙オムツは大量に余ってしまった。手荷物にもスーツケースにも紙オムツをぎゅうぎゅうづめに押しこんで持って帰ろうとしたが、入り切らない分は捨てて帰るしかなかった。

苦労して荷物を詰めこみながら、母と話をした。何が一番おもしろかったかとか、何が一番おいしかったか、とか。

「楽しかったね」

と私は言った。

「本当に楽しかった」

と母も言った。

開いた窓から風にのって大聖堂の鐘の音と馬のひづめの音が聞こえてくる。母は、一番感動したのは楽友協会ホールのコンサートだけれど、一番楽しかったのは馬車に乗ったことだと話した。馬のひづめの音はウィーンの音。この音がもう聞けないなんて本当に寂しい。

「でも、あんたはまた来ればいいよ」

母はゆったりと言った。

「あんたは若いんだから、もう一度来られるよ。また来たら、きっといろいろ思い出すよ」

荷造りをする手が止まった。

またウィーンに来たら。

言外の意味を悟ってしまった。

次にウィーンに来るときには。

何年先かはわからないけど、私はいつかまたひとり旅を始めるだろう。在宅介護が終わったら。そのときには、もう母は一緒じゃないんだ。私ひとりなんだ。そう考えると泣きたくなってしまった。私ひとりでウィーンを訪れるなんて、つらすぎる。この街には思い出がありすぎて、楽しい思い出がありすぎて、きっと何を見ても泣いてしまうだろう。

この一週間はあまりにも幸せだった。

いたたまれなくなって、亜子おばさんが来てくれたのと入れ替わりで外へ出た。ホテルの近所のジェラテリアで特大サイズのチョコレートアイスを買い、それを食べながらひとりで泣いた。ウィーン旅行が終わってしまうのが寂しくて泣いた。チョコレートアイスはものすごくおいしかった。ウィーンの空は青く澄み渡っていた。


ホテルは午後一時にチェックアウトしたが、空港へ行くには余裕のある時間だった。そこで最後のカフェへ行く。ヒルトンのすぐ隣にあるカフェ・オーバーラー。ここのチョコレートムーストルテは絶品なのだ！

「マンゴーのトルテもおいしいわよ。私のお気に入り」

と店員さんがおすすめしてくれたケーキも絶品だった。イチゴのケーキもメランジェ（いわゆるウィンナコーヒー）もすべてがおいしかった。

「おいしいね」

「嬉しいね」

「幸せだね」

三人でそんな言葉をくり返しながら、ほほ笑みながら、ウィーン最後のひとときを過ごした。

旅の終わり

幸せな時間が終わり、幸せな一週間が終わり、とうとう空港へ向かう時間がやってくる。気が緩み始めた私を叱咤するかのように最後の障壁が立ちはだかった。空港へ向かうタクシーである。これまでのタクシーはすべてセダンだったが、このときはたまたま出払っていたのだろう、バカでかいワゴン車が来てしまった。

「乗れないのでもっと小さい車にしてください」

頼んで他のタクシーに来てもらったら、そいつもまたワゴンだった。「座席が高いので母を乗せることができない」と伝えても、いまいち理解してもらえない。

運転手のおっちゃんに

「トラーイ！（やってみろ）」

とか言われた。

「気軽にいうな！　大変やねんぞ！」

言い返しつつ、あきらめるのも悔しいのでトラーイしてみた。

「わ、わたしが後ろから引っ張るから！」

亜子おばさんは病弱で、か細い。力仕事なんかとても頼めない人なのに
「よいしょー！」

と全力で母を引っ張り上げてくれ、おかげでなんとか乗せることができた。

おばさん、ありがとう！

こうして私たちはワゴン車に乗ってウィーンを去った。

正直、空港に着いてからのことはあんまりよく覚えていない。すっかり気が抜けてしまったのか、母は足に力が入らなくなるし、私は目まいを起こしていた。張り詰めていたものがくたくたと崩れおちていく。私たちの心の風船からウィーンという空気がみるみるうちに抜けていく。

ビジネスクラスは嘘みたいに快適だった。座席のクッションはふわふわで母のお尻はちっとも痛くならなかったし、背もたれはフルフラット、ベッドのように真っ平らにな

る。母は
「いい気持ち」

とつぶやいたかと思ったらもう熟睡してそのまま七時間も眠りつづけた。一睡もできずに悶えるしかなかった地獄の十二時間とはなんという違いだろう！　これがビジネスクラスというものなのだ。これが十四万円の価値なのだ。これがお金のチカラなのだ！

「結局は世の中カネだ」

往路の苦しみを思い出して悲しくなってしまった。

ちなみに、ビジネスクラスの機内食は高級すぎたのか口に合わなかった。

二〇一六年六月三十日、ウィーン旅行のすべての計画を達成し、完遂し、無事に帰国した。

私たちの旅は終わった。

第四章
介護しながらウィーン旅行記

第五章

介護しながらウィーンへ行く方法

「バイオリンが弾けなくなった」

そういって泣く母の涙を止めようと「ウィーンへ行こう」と言いだしてから三年。

母は見違えるように元気になった。妄想もほとんど見なくなったし、文字だって読めるようになったし、手すりを持って立ち上がれるようになった。

「回復したから旅行に行けたんだね」

と言われることもあるが、それは逆だ。母は旅行のために回復した。「ウィーンのために」頑張ろう、「ウィーンへ行くために」リハビリをしよう、と進みつづけることができた。はっきりとした目標があったからこそ回復できたのだ。

それは私も同じだった。ウィーンという光があったからこそ絶望せずにすんだ。

もしも、「旅行どころじゃないだろう」と言われたあのとき、素直にあきらめていたら、ウィーンが夢のままであったら、母は今でもぼんやりと妄想を見つづけていたかもしれない。

最後に、今回の経験から学んだこと、「在宅介護しながら海外旅行をする」ために必要なことを書いておこうと思う。

一、願いを言葉にする

言葉には力がある。

言霊とか引き寄せの法則とかいうのはオカルトでもなんでもない。ぼんやりとした夢も口に出していうことで迷いがなくなり、はっきりとした目標になる。

「行きたい」じゃなくて「行く」んだ。

「いつか」じゃなくて「今」だ。

私はいつもそうやって自分を鼓舞していた。具体的な目標は大きな力を与えてくれる。

自己暗示といってもいい。母はまさにこの方法で劇的な回復をした。

二、計画を立てる

お金を貯め、リハビリをこなし、体調を考慮して、いつ行くべきかを考える。
私は「二〇一六年にウィーンへ行く」という目標に向かって計画をたてた。
ざっくりとした計画ではあったが……

○百万円貯める
○リハビリによってトイレに行けるようになる
○標準車椅子を使えるようになる

など、クリアすべき課題や問題を二年前から把握していたので、一つひとつじっくりと取り組むことができた。一番大変なのは、貯金だった。家から出られなくても、稼ぐ方法がないわけじゃない。私は自分のブログに広告を貼り、インターネットでできる簡単な仕事をこなした。内職仕事は現代にも存在する。手間賃は安いが何もしないよりずっといい。努力をしなければ、お金はどこからも湧いてこない。

三、モチベーションを維持する

目標を常に目につくところに貼り出しておく。私は寝室の壁にでかでかと
『私たちはウィーンへ行く』
という宣言を書いて、たくさんの写真や貯金グラフとともに貼り出しておいた。
目覚めたときも、お昼寝のときも、夜寝るときもウィーンのことを考える。
『私たちはウィーンへ行く』。その言葉は無意識の内に刷りこまれ、いつしか私も母も
ウィーン旅行は行けるかどうかではなく
「当然行くもの」
と考えるようになった。

四、旅行会社は信頼できるところを選ぶ

これは実体験なのだが、たとえ「バリアフリー旅行に強い！」とうたっている旅行社でも、経験や知識がなくては役に立たない。反対に、小さな会社でも経験豊富で優秀なところもある。口コミを調べて現実的に対応できるところを選ぶことが大事だろう。

旅行会社を通してガイドさんを頼むときは、車椅子ユーザーであることを確実に伝えておいてもらうことをおすすめする。

五、できる限り詳細な情報を集める

健常者だろうが障害者だろうが、旅行へ行くかぎりはある程度の情報収集をするべきだ。とくに海外には危険がいっぱい。何も知らずに危険地帯に踏みこめば命に関わる。そのうえ身体に問題がある人は、ちょっとした不便や待ち時間で大きなダメージを受けてしまう。介助者である私はダメージを避けるための努力をした。開館時間、トイレの場所、移動時間や移動距離、段差の有無やエレベーターの位置など、できる限り調べておいた。たとえ使わない情報でも知っているだけで安心だ。

一般的なガイドブックにはバリアフリー情報はほとんど載っていない。頼りになるのはインターネットだ。観光地の公式サイトはもちろん、ウィーンは観光局がバリアフリー情報サイトを作っていたので非常に参考になった。

段差など細かいことに関しては、他の車椅子ユーザーのブログや画像検索、グーグルマップのストリートビューが便利だった。ベビーカー連れのママさんの感想も参考になる。

私はネットを通して強力なアドバイザーさんに巡り会うことができた。

Ｓｉｓｉｙさんには、車椅子ユーザーの視点から、無用な消耗を避けるコツを教えていただいたし、介助者である楠さんは交通機関に関する情報をくださった。もし楠さんが「地下鉄駅が工事のため封鎖されています」という情報をくださらなかったら、ホテルの目の前の駅が使えず、とても困ったことになっていただろう。またウィーン在住のひょろさんには現地情報だけでなく、実際にお会いしてウィーンの街を案内していただくことができた。お三方のおかげで、私は旅行会社の人でさえ知り得ない情報をたくさん集めることができた。

しかし、情報収集は誰もができるわけじゃない。下見など、できない人のほうが多いだろう。その場合は施設や旅行会社に問い合わせるだけでもいい。電話一本かけるだけでもいい。できることがあれば、面倒くさがらずにしたほうがいいと思う。

私は労を惜しんで母を危険な目に遭(あ)わせたくなかったし、「車椅子だから」と当然のように手助けしてもらい、車椅子を強引に押しこむようなこともしたくなかった。せっかくの旅行なのだから、できるだけ安全に、そして笑顔で楽しみたいと思った。

六、いざというときの対応を考えておく

あまり想像したくないけれど、旅行中に体調不良になることだってあり得る。万一のときにはどの病院へ行くべきか、これを知っておくことはとても大切だ。

都会にはたくさんの病院があるものだが、どの病院なら日本語対応してくれるか、皮膚科や内科はどこにあるか、というように詳しく調べておく。病院の住所と処方されている薬の英語名や分量、病歴、日本の担当医からのレターをお守りのようにずっと持ち歩いていた。ついでに車椅子を修理してくれる店や、オムツなどの足りないものを現地で調達するための介護用品店の場所もメモしておいた。

多少大げさかもしれないし、実際に使わなかったけど、無駄になってもかまわない。万一のことがあっても大丈夫だと自分に言い聞かせ、旅の不安を減らすことができるから。備えあれば憂(うれ)いなし！

七、旅の計画は柔軟に

身体に問題がある場合、予定がぎっしり詰まっているパックツアーは難しい。障害者向けのツアーか、自由時間の多いフリーツアーや個人旅行がおすすめ。必要に応じて現地ツアーも申しこむことができる。

観光の計画はゆるめに立てるほうがいい。ガチガチに固めてしまうと無理をしがちだし、体調不良などトラブルがあったときに困ってしまう。なるべく余裕をもって、その日の体調を見ながら行き先を変更したり、計画を変更できるようにしておいたほうが安全。そのため、観光の予約はなるべく後払いのもの、キャンセルができるもののほうがベター。絶対にはずせない予定を入れたらそれに向かって全力で調整していくほうがいいだろう。(ドナウ川クルーズをキャンセルしたのは痛かった!)

八、協力者を探す

家で介護しているときはヘルパーさんを頼んだりデイやショートへ行ってもらえるけれど、旅行中はすべて自分でやならくてはならない。介護者がひとりだとかなり大変なことになる。現地では、介護までは頼めないとしても精神的に頼れる人、助けてくれる人がいると安心だ。

私は地元民のひょろさんに通訳と案内をしてもらい、旅仲間のN尾さんに車椅子を押してもらい、同行してくれた亜子おばさんにはホテルの部屋にいるあいだ母をみてもらったり、母を移乗させているあいだにタクシーの支払いを済ませてもらったりすることができたので本当に助かった。私ひとりではきっとすごく心細かったたし、疲れ果てていたと思う。

九、あきらめること

どんなに頑張っても無理なときもある。そのときは潔くあきらめること。ウィーン行きがダメになったときのために、私は代替案として「富士山の見える温泉宿」をこっそり計画していた。

ものすごく楽しみにしていたドナウ川のボートトリップは体調不良のためにキャンセルしたけれど、あきらめることに躊躇(ちゅうちょ)はなかった。無事に帰ることが最優先。

十、旅行へ持っていって便利だったもの、必要だったもの

○紙オムツ……現地でも売られているが、慣れているものがベスト。
○皿や箸、ペティナイフなど……部屋で食事をすることが多かったので重宝した。
○ゴムのサンダル、滑り止め……入浴介助用に。
○ビニール手袋……洗濯用にも使える。
○ビニール袋……紙オムツを捨てるため、防臭効果のあるものと、ごみ袋にできる大きな袋の二種類。
○スマートフォン……これさえあれば地図もガイドブックも不要。ウィーンではＳＩＭも簡単に買えた。
○お洒落な食事用エプロン……ブラウスそっくりに見える食事用エプロン。ウィーンのカフェで使うのにぴったりだった。
○姿勢保持のためのクッション……普段より多めにいろいろなサイズを持っていった。機内持ちこみの荷物には含まれなかったが、航空会社によって対応は変わるかもしれない。

十一、周囲の人たちに助けてもらうこと

どんなに私が「ウィーンへ行く」とくり返したところで、どんなに母がリハビリを頑張ったところで。私たちだけでは、とてもじゃないが旅立つことはできなかった。この旅行は無数の人たちの助けがあってこそ成功したのだ。

私の愚痴をＬＩＮＥで聞いてくれた従妹。オーストラリアから帰ってきてくれた妹。励ましてくれたお隣さん。野菜やお惣菜や、ときにはお小遣いまでくださった親戚のおばさん。いつも私に寄り添ってくれる友人たち。

そしてもちろん父がいる。いつも私たちのために黙々と働いて、家ではちょっといじめられている可哀想な父。顔を見たらどうしてもいじわるをしたくなってしまうのだけど、心の中では感謝している。

それからブログを読んでくださるたくさんの方々にも深い感謝を。

日記魔の私にとって、毎日のブログもこの文章も、すべては私の「心の声」だ。誰かがこの文字を読んでくださるとき、その人は私のそばにいる。私の声に耳を傾け、心のそばにいてくれる。介護者は孤独だとよく言われるけれど、私はこの三年間、一度だっ

て孤独を感じることはなかった。母が倒れたとき、ウィーンへ行くと決意表明したとき、落ちこんでいるとき、必死になっているとき、悩んでいるとき、ウィーンに到着したとき、感動しているとき。たくさんの方が私のそばにいてくれた。たくさんの方が私の文章を読んでくださり、コメントをくださったり、ブログランキングに投票してくださったりした。現実にはお会いしたことのない人がほとんどだけれど、毎日毎日更新される私のブログを読んでくださる人たちの存在は大きかった。

母が倒れてから三年、ウィーンへ行くと決めてから二年、私たちはたくさんの方に励まされ、助けてもらいながらここまできた。それは本当に幸せなこと、ありがたいことだった。帰国後に配ったほんの小さな土産では、とてもじゃないが返しきれるものではないので、これから少しずつでも恩返しができればと思う。

二〇一六年六月二十四日

まさか、
「車椅子のまま乗れる馬車」
があるなんて！
馬車の下から引き出されたスロープを登って乗車。
よいしょよいしょと
車椅子を押してくれた御者のおじさん。

二〇一六年六月二十八日

ホテルの部屋にて。
夕食後、母と一緒に
ウィーン最後の落日を見送った。

おわりに

介護はある日突然やってくる。なんの予告も前触れも、覚悟する暇さえなしに。

親の介護に直面したとき私は
「自分の人生って何なのだろう?」

と考えた。

在宅介護は人生の終わり。

いや、そうじゃない。

介護は人生の終わりなんかじゃない。

私は自分の人生を犠牲になんかしない。

なぜなら、すべて自分で決めたことだからだ。誰かに強制されたのでも他に選択肢がなかったのでもなく、すべて自分で決めたこと。今この瞬間、私がここに生きているのは、一つひとつ自分で選択してきた結果。妹のことも母のこともひっくるめて、すべて私の人生だ。

だから私は今こんなに楽しいし幸せなのだ。

ウィーン旅行を終えたあと、私と母はふたりで一挺（ちょう）のバイオリンを弾くことを始めた。アクロバティックな演奏法だが、コンサートに出演するという目標を掲げ、練習をつづけている。一方で私は仕事を得て社会復帰を果たした。ウィーンへ行くためのリハビリでずいぶん回復した母は、以前のように不穏になることもない。二〇一八年一月現在、私は週五日、介護職員として働きながら、自分の人生を楽しむブログ『猫とビターチョコレート』を書きつづけている。

とはいえ介護は年々過酷になっていくもの。母も私も歳をとり、いつか必ず終わりを迎える。それがわかっているからこそ、悔いの残らないよう、やりたいことを積極的にやっておこうと思う。

「人生は楽しむためにある！」

という母の教えを守りながら。

最後になりましたが、長きにわたり私たち家族を支えてくださった方々と、出版にご尽力頂き、私の文章を読んでくださったすべての皆様に、心からの御礼を申し上げます。

たかはた ゆきこ

たかはた ゆきこ

著書

「在宅介護しながらウィーンへ行く方法」

「きょうだい介護おやこ介護」

いずれも電子書籍（Amazon Kindle 版）

在宅介護しながら、介護職もしながら、

それでも自分の人生を楽しむブログ

「猫とビターチョコレート」

http://dadacat.net/blog/

イラスト　　井上 実月

カバーデザイン　　増喜 尊子

おでかけは最高のリハビリ！
要介護５の母とウィーンを旅する
たかはた ゆきこ

2018年2月20日初版第1刷刊行

発行者	柳谷 行宏
発行所	雷鳥社
	〒167-0043
	東京都杉並区上荻2-4-12
TEL	03-5303-9766
FAX	03-5303-9567
HP	http://www.raichosha.co.jp
E-mail	info@raichosha.co.jp
郵便振替	00110-9-97086
印刷・製本	シナノ印刷株式会社
編集	久留主 茜
編集協力	安在 美佐緒
	望月 竜馬
企画協力	NPO法人 企画のたまご屋さん
Special Thanks	株式会社 エイチ・アイ・エス
	有限会社 コムス（コムツアーズ）
	株式会社 笑顔音

ISBN 978-4-8441-3735-1 C0095